# 안나의 ◆ 목소리

시그리드 아그네테 한센 글 / 황덕령 옮김

찰리북

차 안은 휴게소에서 산 핫도그와 모카빵 냄새로 가득 차 있었다. 내 옆에 앉은 샐리가 갑자기 발을 버둥거렸다. 세 시간이나 차를 타고 오느라 지겨워진 모양이었다.

"안나, 동생이랑 좀 놀아 줘, 응?"

앞자리에 앉은 엄마가 뒤를 돌아보며 말했다. 난 가방에서 동물 그림책을 한 권 꺼내 샐리에게 주었다. 그제야 샐리는 발버둥을 멈추고 그림책을 펼쳤다. 다른 손으로는 모카빵도 하나 집어 들었다. 나는 다시 휴대전화를 내려다보았다. 한 시간 구 분 뒤면 새집에 도착할 것이다. 구글 지도에 따르면 옛날 집에서 새집까지의 거리는 무려 303킬로미터나 된다.

걸어서는 쉰 시간이 걸린다는데, 한 번에 쉰 시간을 걷는 사람이 있을까? 새집까지는 배를 타고 갈 수도 있다. 배를 타면 세 시간쯤 걸린다. 차를 타고 가는 것보다 빠르다. 예전에는 배를 타고 새집 근처에 있는 할머니 집에 가곤 했는데 이번에는 차를 타고 간다. 잠시 놀러 가는 것이 아니라 아예 살러 가는 것이니까.

"곧 도착할 거야."

아빠가 운전석에서 말했다. 우리를 안심시키려고 한 말일까? 아빠 스스로를 다독이려고 한 말일까? 알 수 없었다.

소문은 자동차가 달리는 속도보다 빠르게 이동한다. 안전벨트를 맬 필요도 없다. 소문을 잡아 보겠다고 모터보트에 올라타는 건 헛수고로 끝나고 말 거다.

나는 핫도그를 한 입 물고 창밖으로 고개를 돌렸다. 고속도로 방음벽에 달린 스크린 광고판에 크루즈 영상이 나오고 있었다.


소문은 크루즈 여행처럼 느긋하게 풍경을 감상하지 않는다. 배가 닻을 내릴 때까지 기다려 주지 않는다. 시계를 보지도, 누군가가 육지로 내리기를 가만히 기다려 주는 일도 없다. 무조건 앞을 향해 달려간다. 몇 킬로미터로 달릴지 속도를 계산하거나 계획을 세우는 법도 없다. 소문은 배려를 모른다. 그저 앞으로 빠르게 전진할 뿐이다. 최대한 많은 사람들 귀에 닿을 생각만 하는 게 분명하다. 소문이 나를 앞질러 갔을까? 이미 닿아 버렸을까? 누군가는 다른 누군가를 알게 되면서, 그들은 서로에게 새로운 무언가를 퍼뜨리지 않던가! 소문이 지닌 속도에 비하면 303킬로미터 거리 따위는 아무것도 아닌데…….

불현듯이 그 소문이 생각나서 나는 눈을 감았다. 그리고 예전 우리 반 애들의 얼굴을 떠올려 보았다. 여자애, 남자애, 긴 머리 애와 쇼트커트를 한 애, 앞머리를 내린 애나 구레나룻이 있는 애, 머리를 위로 올려 하나로 묶은 애와 길게 내린 애, 그리고 치아 사이가 벌어진 애. 모두 얼굴이 빨갛게 상기되어 있다. 다들 내게 할 말이 있는 듯한 표정이다.

그사이 아빠가 노란 집 앞에 멈춰 섰다. 우리 가족의 새집이다.

"다 왔어."

아빠의 말에 샐리가 다시 발을 굴렀다. 엄마가 안전벨트를 빨리 풀어 주지 않는다고 난리법석을 피우는 모양이다.

## 목적지에 도착했습니다.

휴대전화 화면에 뜬 글자를 내려다봤다. 나는 지도 앱을 닫으며 크게 심호흡을 한 뒤 차에서 내렸다.

방마다 이사 박스가 아무렇게나 널브러져 있었다.

내 방에 침대가 도착하지 않았으면 어쩌지? 큰일이다. 창밖을 내다보니 벌써 어두워지기 시작했다.

"방은 마음에 들어?"

엄마가 방문 앞에 서서 조심스럽고 차분한 미소를 지으며 물었다.

"침대 말고 다른 것도 두면 좋을 것 같아요. 짐을 좀 정리해 볼게요."

"일단은 침대가 제일 중요하니까. 오늘 밤에 잠을 자야 하잖니."

나는 엄마의 말에 침을 삼키고 고개를 끄덕였다. 엄마는 내 방문을 살며시 닫아 주었다.

배 속에서 보글보글 거품이 일어나는 기분이 들었다. 익숙한 긴장감이 인다.

오늘 밤 내내 이러려나?

꿈에서 나는 초록빛과 푸른빛이 감도는 넓은 바다를 떠다니는 인어다. 햇빛이 비친다. 물 아래로 춤을 추는 듯한 빛줄기가 새어 들어온다. 푸르른 빛이 도는 바닷속에서 나는 유유자적한다. 주변에는 내 몸을 따라 움직이는 물결과 내 몸을 감싸는 바닷물이 있을 뿐이다.

매 수업마다 치르는 시험도, 등 뒤에서 들려오는 수군거림도 없다. '어머, 세상에! 그게 가능해?'라고 말하는 것처럼 날 조롱하는 눈빛도 없다. 꼭 받아야 할 문자를 기다릴 필요도 없다. 내 몸 주위로 춤추듯이 흩날리는 머리카락을 느끼면서 바다와 내가 하나가 되면 그만이다. 어디로 가야 하는 것도 아니다. 그저 초록빛 푸른 바다에 머무른다. 내 몸을 따뜻하게 감싸고, 내 주변의 모든 것을 무중력으로 만들고, 나를 둘러싼 모든 걱정에서 자유롭게 하는 이 바다에 있으면 된다.

잠에서 깨었을 때, 디즈니 만화 영화 〈인어공주〉에 나오는 인어의 왕 트리톤과 공주 아리엘을 생각했다. 인간이 되고 싶어서, 인간이 되는 대가로 말을 잃었던 아리엘. 누군가는 아리엘이 진짜로 있다고 믿었던 것 같다. 아니면 나처럼 꿈을 꾸었거나. 바닷속 저 아래로 내려가면 진짜 인어가 있다고, 우리 인간들은 갈 수 없는 곳에서 살고 있다고.

그러니 아직은 내가 경험하지 못한 세계가 곳곳에 있을 거란 생각이 든다. 바닷속이나 화성 같은 곳, 우주의 다른 행성도 좋을 것 같다. 사시사철 겨울이고, 지나는 나그네를 얼음 조각으로 만들어 버리는 얼음 왕국도 상상해 본다. 물론 나는 절대로 살지 못할 테지만. 그렇게 비현실적인 꿈을 꾸다 보면 다른 생각을 할 겨를이 없어진다. 또 어떤 때는 그런 비현실 속의 구성원으로 살지 않아서 다행이라고 생각한다. 그건 물리적으로 살 수 있느냐 없느냐 하는 차원의 문제가 아니다.

나는 절대 우주 비행사나 남극 탐험가는 될 수 없을 것이다. 그런 모험적인 삶에 관심 있는 사람은 어릴 때부터 완전히 다르게 살아왔을 테니까. 아니, 태어날 때부터 이미 나와는 달랐겠지. 그들은 오른쪽과 왼쪽을 구분하기도 전에 행성의 순서를 외우고 유치원 핼러윈 파티에서는 우주복을 입었을 것이다. 참고로 나는 유치원에서 맞이한 첫 번째 핼러윈 파티에서 우유갑으로 변신했다. 내가 우유에 유별난 집착을 보여서 그랬던 건 아니다. 단지 아빠가 재미있는 분장이라고 맘대로 입혔을 뿐이다.

어쨌거나 난 우주처럼 상상 속에 존재하는 세계에 관심을 가진 적이 거의 없다. 나의 주된 관심은 내 주변의 세상이고, 매일 반복되는 일상이다. 정작 내가 원하고 바라는 세상은 상상 속의 세상보다 더 멀리 떨어져 있는 것 같지만! 내가 무엇보다 진정으로 원하는 건 나에게 둘도 없는 친구가 있는 세상이다. 할머니 말고 진짜 친구가 있는 세상.


주방 안이 짐 박스와 장난감으로 난장판이다. 냉장고까지 가는 길이 나무로 빼곡한 숲속을 헤치고 가는 기분이다. 샐리는 아빠와 식탁 의자에 앉아 웃으며 아침을 먹고 있다. 내 여동생은 아직도 숟가락으로 떠먹는 법을 제대로 배우지 못한 모양이다. 입으로 들어가는 것이 반, 바닥에 떨어지는 것이 반이다.

"음, 이제는 혼자서도 먹을 수 있는 나이가 됐잖아……"

난 혼잣말처럼 중얼거렸다.

"좋은 아침이야!"

아빠가 내게 인사했지만, 나는 냉장고에서 두 살짜리와 열

다섯 살짜리에게 어울리는 요구르트를 찾는 데 집중했다. 아빠의 아침 인사는 허공에 떠 있을 뿐이었다.

드디어 냉장고 제일 안쪽에 있는 체리 요구르트를 찾았다. 난 냉장고 안에 뒤죽박죽 들어 있는 음식들 사이로 손을 넣어 요구르트를 집었다. 그리고 거의 다 꺼냈을 때쯤 바닥에 툭 떨어뜨리고 말았다. 발가락 사이로 분홍색 요구르트 방울이 흩뿌려졌다.

"완벽하군."

아빠가 한숨을 내쉬는 나를 올려다보았다.

"왜 그래?"

"별거 아니에요."

하기야 나에게 일어나는 일이 다 별것 아닌 건 아니지.

재미있으라고 한 행동이 아닌데도 아빠는 내게 웃어 보였다. 아빠의 웃음은 가끔 배고픈 것도 잊게 할 만큼 기분을 좋게 한다. 그렇지만 오늘은 아니다. 적어도 지금은 아니다. 난 배가 고팠고, 체리 요구르트가 바닥에 쏟아져 못 먹게 된 것에 짜증이 났다.

"긴장되니?"

아빠가 물었다. 난 솔직하게 답할지 강한 척할지 망설이다가 고개를 끄덕였다.

"이해해. 나 같아도 꽤 긴장될 것 같아."

나는 고개를 끄덕였다. 여태껏 우리 아빠처럼 이해심 많은 사람은 본 적이 거의 없다.

"엄마는요? 엄만 어디 있어요?"

내가 물었다.

"회사에 누가 아프다고, 평소보다 일찍 출근했어."

그제야 부엌이 난장판이었던 게 이해됐다.

"엄마가 도시락에 쪽지를 써 둔 것 같더라."

도시락. 그렇다. 중학교 3학년인데, 엄마는 아직도 내게 도시락을 싸 준다. 도시락 뚜껑 위에 작은 쪽지가 올려져 있다.

*행운을 빌어, 안나!*
*다 잘될 거야.*
*새로운 친구들한테 이런 말로 웃겨 보는 건 어때?*
*'어머, 네 치아 어쩜 그렇게 고르니!'*
*'아, 이 옷은 우리 할머니한테서 물려받은 거야.'*
*'세상에, 어쩜 그렇게 완벽하게 머리를 세팅했니?*
*꼭 아이돌 같다!'*

엄마는 내가 하루아침에 다른 사람이 됐다고 생각하는 걸까? 새 학교에 간 첫날 점심시간에 내가 반 애들한테 농담을 건넬 수 있을 거라고? 도무지 이해할 수가 없었다. 시간이 조금 지난 뒤라면 몰라도 첫날부터 농담이라니, 적어도 반 애들이 날 바보라고 생각하지 않게끔 행동해야 할 것 아닌가!

엄마 아빠는 나더러 충분히 오래 학교를 쉬었다고 말했다. 이제는 학교로 돌아가야 할 때라면서 말이다. 나도 알고 있다. 언젠가는 다시 평범한 삶으로 돌아가야 한다는 걸. 그리고 오늘이 바로 그 '언젠가'라는 것도. 그럼에도 자꾸 화가 나는 건 어쩔 수 없다.

"준비됐니?"

아빠가 차에 시동을 걸고 안전벨트를 매며 물었다.

"네."

나도 안전벨트를 매며 대답했다.


우리가 탄 차는 집을 나서서 놀이터와 슈퍼마켓을 지나쳤다. 나는 집 가까이에 뭐가 있는지 하나하나 짚어 보다가 이내 휴대전화를 내려다보았다. 할머니에게서 문자가 왔다.

*오늘 하루 잘 보내!*

난 웃는 얼굴 이모티콘을 전송했다. 할머니는 내 유일한 친구다. 할머니 말고는 다른 친구가 없다. 다만 할머니는 내 가족이고 나보다 나이가 훨씬 많으니 우리가 친구라는 생각은 틀린 것 같기도 하다. 친구라면 대개 동갑이거나 비슷한 또래면서 같은 시기에 같은 것을 경험하는 사람들이니까. 등굣길을 함께하고, 같은 팀에서 운동을 하거나 스카우트 활동을 하는 것처럼. 물론 할머니하고는 그런 소소한 일상을 함께 경험하지 않았지만 그래도 난 우리가 친구라고 말하고 싶다.

할머니는 독특한 성향의 사람이 아니다. 영화나 책에 나오는 놀라운 능력을 가진 대단한 할머니도 아니다. 평범한 일을 하고, 평범한 헤어스타일을 하고, 평범한 저녁을 차리는 완벽하게 평범한 할머니다. 남들이 보기에는 그럴 거라는 뜻이다. 하지만 나에게 할머니는 세상에 둘도 없이 소중하고 특별하다. 어쩌면 할머니가 지극히 평범하고 무슨 일이든 복잡하게 만들지 않아서 내 친구가 될 수 있었던 건지도 모른다.

우리가 이곳으로 이사 오게 된 진짜 이유, 그러니까 내게 무슨 일이 있었는지 이야기해야 했을 때 나는 온몸이 떨리는 고통을 느꼈다. 내 혀는 그 단어들을 내뱉고 싶어 하지 않았다. 그래도 내가 직접 설명하는 게 아빠를 통해 전달되는 것보다는 나을 것 같았다. 아빠가 전했다면 나는 견디지 못했을 것이다. 망설임 끝에 나는 할머니에게 전화를 했고 사정을 털어놓았다.

내가 이야기를 다 마칠 때까지 할머니는 아무 말도 하지 않았다. 왜 아무 말도 없지? 더 이상 날 손녀로 생각하고 싶지 않은 걸까? 불안에 휩싸여 마른침을 삼키는데 할머니가 입을 열었다.

"나한테 그런 일이 있었다면 나도 학교를 옮겼을 거야."

할머니는 살짝 웃으며 대답해 주었다. 바짝 긴장하고 있던 어깨에 힘이 풀리고 배 속에 있던 커다란 덩어리가 홀쭉해지는 느낌이 들었다. 그때 할머니는 진짜 내 편, 내 친구가 되었다.

새 학교에서 내 편이 되어 줄 친구를 만날 수 있을까? 아니면 예전 학교에서처럼 지내게 될까? 이제 곧 알게 되겠지.

아빠가 학교 주차장에 차를 세웠다.


아빠와 나란히 학교 운동장에 들어섰다. 학교 건물을 새로 지었는지 외관이 깨끗하다.

"나도 이 학교에 다녔는데……. 그땐 여기에 다른 학교도 있었어."

아빠가 나를 바라보며 말했다.

"큰 학교였어요?"

당시에 학교가 어땠는지 진짜로 궁금한 것처럼 과장되게 물었다.

"너도 본 적이 있을걸? 예전에 봤을 거야, 확실해."

난 고개를 가로저었다. 내 머릿속 어디에도 이 학교의 이전 모습은 없었다.

아빠는 매일 아침마다 '조지'란 이름의 선생님이 학교 밖에서 등교하는 애들을 맞이했다는 이야기를 들려주었다. 조지 선생님은 빨간 머리카락을 한쪽으로 빗질을 해서 넘겼고, 항상 주머니가 있는 조끼를 입었다고 했다. 아빠는 그 조끼 주머니에 스쿠레크리츠감초와 민트로 만든 사탕가 들어 있었다고 말하면서 나를 내려다보았다.

"너 스쿠레크리츠가 뭔지 알아?"

"초콜릿 속에 들어간 별사탕 아니에요?"

아빠는 내가 그걸 모를 거라고 생각한 것 같다. 내 대답을 다 듣기도 전에, 새삼 자신이 나이가 들었다는 것을 실감한 듯이 고개를 절레절레 흔들었다.

아빠는 학교 내부도 완전히 바뀌었다면서 재밌다는 듯 두리번거렸다. 나는 건물 안으로 들어갈수록 속이 매스꺼웠다. 어디선가 쉰 우유 냄새 같은 게 나는 것 같았다. 이 냄새는 아마도 일주일은 지나야 가실 것이다. 환한 파란색의 복도 바닥을 따라가다 보니 파도가 이는 것처럼 느껴졌다. 복도에는 학생들이 아무도 없었다. 조용했다.

얼마간 더 걷자 교실 안에서 수업하는 소리가 간간이 들려왔다. 올라가는 계단 벽면에 흑백 꽃 그림이 큰 액자에 걸려 있다. 한눈에 봐도 멋있는 그림이다. 꽃잎 한 장 한 장을 세세하게 그렸는데 그것만으로도 상당히 고급스러워 보였다. 인테리어에 공을 들이는 학교라니, 첫인상이 나쁘지 않았다.

"이 그림 아주 멋있는데요."

아빠에게 말했다.

"그래? 내가 그려도 저 정도는 그렸을 것 같은데?"

아빠가 건조하게 대답했다.

계단을 올라가면서 나는 계속 그림 쪽을 돌아봤다.


교장 선생님은 교장실 문 앞에 서서 우리를 기다리고 있었다. 누구라도 기분을 좋게 하는 푸근한 인상이었다. 마치 평생 얼굴 찡그릴 일 없이 평온하게 살아온 것처럼……. 교장 선생님이 웃으며 내게 악수를 청했다.

"안녕, 나는 교장을 맡고 있는 안네라고 한단다. 어서 오렴."

좀 전까지 배 속에 딱딱한 덩어리가 있는 것 같았는데 교장 선생님의 부드러운 미소에 덩어리가 녹아내리는 느낌이 들었다.

"우리 안나와 이름이 비슷하시구나. 외우기 쉽겠는데, 안나!"

아빠가 가볍게 내 팔을 두드리며 말했다. 나는 가볍게 미소를 지으며 아빠를 따라 녹색과 파란색으로 칠해져 있는 교장실로 들어갔다. 교장실 안에서 핸드크림과 달콤한 바나나 냄새가 났다.

아빠와 나는 달걀 모양 의자에 앉았고, 교장 선생님은 컴퓨터 책상 앞에 앉았다.

"그래, 안나. 학기 중에 전학을 오게 되었구나."

그 말에 배 속에 있던 덩어리가 다시 크게 부풀어 올랐다. 교장 선생님의 말이 내가 한참 진행 중인 학기를 방해했다는 듯이 들렸기 때문이다. 재미있는 게임이 한창인데, 규칙도 모르는 침입자가 갑자기 끼어들려고 하는 것처럼 말이다. 눈치 빠른 교장 선생님은 내가 무슨 생각을 하는지 곧 알아채고는 다시 말했다.

"아, 물론 네가 우리 학교에 온 걸 두 팔 벌려 환영해. 너도 봐서 알겠지만 우리 학교는 학교 건물을 확장해서 새로 지은 데다 역사도 깊은 곳이란다. 우리는 늘 새 학생을 맞이할 만반의 준비를 하고 있지. 학교를 쉰 기간이 있었지만 지금까지 나간 진도를 차근차근 따라간다면 잘 지낼 수 있을 거야."

아빠는 걱정스러워하는 내 얼굴을 보고는 미소를 지으며 부드럽게 말했다.

"잘할 수 있어."

이상한 일이었다. 두 사람의 격려가 쏟아진 그 순간, 나는 갑자기 견딜 수 없이 괴로워졌다. 이 모든 것이 내 잘못이라는 생각이 밀물처럼 밀려왔다. 내가 스스로를 구렁텅이로 내몰았다는 사실과, 나 때문에 우리 가족들까지 그 구렁텅이 속으로 들어가고 있다는 깨달음이 몸서리치게 찾아왔다.

조금 전까지만 해도 세상에서 가장 환한 미소를 짓고 있던 교장 선생님은 심각한 표정으로 바뀌어 있었다. 얼굴 가득 해를 품고 있다가 이제는 달로 바뀐 것 같았다.

"그래, 안나. 네가 얼마나 힘든 일을 겪었는지 이해해."

그 말과 동시에 나는 얼굴이 붉어지고 뜨거워졌다. 배가 조여 오고 목구멍은 타들어 갔다. 평소처럼 숨을 쉬려고 안간힘을 썼지만 눈앞의 모든 것이 주황색 혹은 빨간색으로 변해 초점이 흐릿해졌다. 지난 몇 달 동안 만난 수많은 어른들은 내게 심각한 표정으로 안됐다느니 이해한다느니 하는 말을 건네 왔다. 그런 말을 들을 때마다 내 몸은 늘 같은 방식으로 반응했다. 자리를 박차고 일어나 문을 열고 달아나서 다시는 돌아오고 싶지 않다는 충동이 일었다. 오늘도 나는 그 충동을 가까스로 참아야 했다.

"우리는 전혀 몰랐고, 큰 충격이었지요. 그보다 안나가 그 일을 우리에게 말하는 건 감히 상상할 수조차 없을 만큼 힘든 일이었을 겁니다."

결국 오늘도 아빠가 나를 구했다. 아빠는 내 손을 꼭 잡았다. 그 이야기를 해야 할 때가 오면 아빠는 언제나 내 손을 꼭 잡아 줬다. 그것이 이제는 습관이 된 것 같다.

"우리는 그 일을 뒤로한 채 앞으로 나아가고 싶어요. 당연히 그래야 하고요. 그러니 안나를 위해서 그 이야기는 하지 않았으면 좋겠어요. 물론 집에서는 이야기해요. 그렇지만 학교에서만큼은 안 했으면 합니다. 안나가 원하지 않아요.”

교장 선생님은 천천히 고개를 끄덕였다. 그러고는 두 손을 모으며 처음 만났을 때처럼 활기차게 말했다.

“안나, 이제 반 친구들을 만날 준비가 됐니?”

나는 조심스레 고개를 끄덕였다.

“자, 저쪽이야.”

새로운 일상이 시작될 교실 쪽으로 빠르게 발걸음을 옮기며 교장 선생님이 말했다. 난 생쥐처럼 작은 발걸음으로 그 뒤를 따라갔다. 마음속으로 ‘생쥐가 한 마리 지나가요’라고 말하면서. 교실 문 앞에 이르렀을 때, 내 심장은 딱따구리가 부리로 나무를 쪼는 것처럼 빠르게 뛰었다.


이 교실 안에 겁에 잔뜩 질린 작은 생쥐 한 마리가 숨을 만한 공간이 있을까? 그런 생각을 하던 순간 교실 문이 열렸다. 교실 안의 빛이 내 눈에 비쳐 들었다.

“행운을 빈다, 안나.”

교장 선생님의 응원에 나는 작게 속삭였다.

“고맙습니다. 지금 제게 꼭 필요한 말이에요.”

교실로 들어가 교단 앞에 섰다. 곧이어 담임 선생님이 반 애들에게 나를 소개했다.

"자, 오늘 우리 반으로 전학 온 안나야. 안나, 우리 반에 온 것을 환영한다. 네가 어디서 왔는지 말해 줄래?"

"트롬쇠에서 왔어요."

그리고 이렇게 덧붙였다.

"하지만 아빠가 이곳에서 나고 자랐어요."

"그랬구나. 그러면 여기에 여러 번 와 봤겠구나. 이 도시가 낯설지는 않겠네?"

"네. 많이 와 봤어요."

"잘됐구나! 안나가 새 학교에도 잘 적응할 거라고 믿어. 우리는 안나를 환영할 준비가 돼 있단다."

담임 선생님이 열정적으로 말했지만 반 애들은 담임 선생님만큼 열정적이지 않았다. 물론 입가에 미소를 짓는 몇몇이 보였고, 호기심 어린 눈빛으로 날 바라보는 애도 있었다. 하지만 모든 게 두려웠다.

나를 알아보는 걸까? 나를 어디서 봤는지 기억해 내려는 걸까?

교단에서 빈자리로 걸어가는 동안 머릿속에 온갖 질문들

이 탱탱볼처럼 마구 뛰어다녔다. 그러다가 교실 제일 뒤쪽에 앉은 여자애와 눈이 마주쳤다. 나를 바라보는 빨간 머리 여자애의 미소에 머릿속의 탱탱볼이 조금 누그러졌다.

새로 배정된 반의 여자애들도 이전 학교의 여자애들처럼 모두 완벽하게 머리를 세팅했다. 그것을 알아차리는 데는 일분도 걸리지 않았다. 그뿐이 아니다. 립글로스 향이나 샴푸 향도 모두 똑같았다. 반에서 미모순으로 상위권에 들 만한 여자애 한 명이 나를 보고 싱긋 웃었다. 금발에 구릿빛 피부를 지닌 전형적인 미인이다. 나는 다시 빨간 머리 여자애를 보았다. 그 애는 꿈을 꾸는 듯한 표정으로 허공을 응시하고 있었다. 나는 그 애와 다시 눈이 마주치기 전에 얼른 눈을 돌렸다. 사람을 뚫어져라 쳐다보는 이상한 사람으로 보이지 않아야 하니까.

나는 수업 종이 울릴 때까지 최대한 가만히 앉아 주의를 끌지 않도록 조심했다.

"우리 마을로 온 거 환영해."

소리가 나는 쪽으로 몸을 돌렸다.

"난 티나라고 해."

빨간 머리 여자애가 자신을 양쪽 엄지손가락으로 가리키며 말했다.

"난 안나야. 네 이름은 잘 기억했어."

이 말을 하고는 바로 후회했다. 그래서 얼간이 미소 콘테스트 우승자로 주간지에 실릴 만한 우스꽝스러운 미소를 지어 보였다.

"근데 마을이라고 하긴 좀 크지 않아?"

"큰 도시는 아니니까. 근데 마을이라고 말하기도 좀 애매하긴 하다."

티나가 말했다.

"트롬쇠도 큰 도시는 아니었어."

내 말에 티나는 대답 대신 어깨만 살짝 으쓱했다.

"그래도 이곳이 나쁘지만은 않아. 쇼핑은 온라인으로 해결하면 되니까."

그건 티나가 입고 있는 옷만 봐도 알 수 있었다. 그 애는 요상한 괴물들이 문신처럼 그려진 스웨터를 입고 있었다. 문득 그 옷이 이전 학교의 누군가를 떠올리게 했다. 난 얼른 다른 화제로 돌렸다.

"스웨터 멋있다."

혹시 내가 애쓰는 걸 눈치챘을까?

"억지로 안 그래도 돼. 다들 별로 안 좋아하니까. 그래도 난 상관없어."

그 애가 대답하는 사이, 나는 다음 질문을 생각했다.

"다른 건 또 뭘 좋아해?"

"공포 영화랑 테크니컬 데스 메탈."

"테크니컬 뭐라고?"

"테크니컬 데스 메탈."

"그게 뭔데?"

"음악 장르야. 우리 부모님 표현을 빌리자면 '고양이를 고통에 빠뜨려 최고의 오페라 가수로 만드는 비명 소리' 같은 음악이지."

티나가 소리 내어 웃었다. 그 모습에 나도 같이 웃으며 말했다.

"어른들은 참……."

다시 수업 종이 울렸다. 그리고 내 머릿속에는 종소리보다 더 크게 들리는 소리가 있었다. 티나의 말, 그 애가 제일 처음 건넨 그 말.


환영해.

"고마워."

나는 작게 속삭였다. 반 애들 소리에 내 말은 묻혀 버렸지만, 티나는 나를 보고 윙크를 했다. 어쩌면 그 애는 내 작은 속삭임을 들었는지도 모른다.

맨 처음 신경정신과 군 선생님을 만났을 때가 떠오른다. 군 선생님은 안경을 쓰고 터틀넥 스웨터를 입고 있었다. 상담실 안에는 크고 푸릇푸릇한 화분이 여러 개 놓여 있었다. 정갈한 상담실에 딱딱한 인상을 한 여자 선생님과 단 둘이 있게 되자 나는 한층 더 위축되었다. 그날 긴 상담을 한 끝에 군 선생님은 내게 숙제를 내 줬다. 날마다 나만의 기록을 하는 것. 하루 동안 있었던 일 가운데 좋은 일 세 가지와 덜 좋았던 일 세 가지를 쓰는 것이다. 숙제라고 하기에 무척 간단한 일이었지만, 나는 이 숙제가 마음에 들지 않았다. 그래도 꽤 성실하게 써 내려갔다. 무슨 일이 생길 때마다, '이건 기록해 둘까?' 하고 나 자신에게 질문했고, 저녁이 되면 휴대전화 메모장에 그날의 기록을 써 내려갔다. 이제는 꽤나 능숙하게 하루를 기록하게 되었을 뿐 아니라 하루를 마감하는 일종의 의식이 되었다. 그렇게 쌓인 기록이 백 페이지를 훌쩍 넘겼다.

그리고 오늘은 이렇게 썼다.

좋았던 일

1. 티나가 내게 말을 걸어 준 일

2. 학교 계단 벽면에 걸린 그림을 본 것

3. 저녁에 라자냐를 먹은 것

덜 좋았던 일

1. 오늘 아침 주방에서 벌어진 요구르트 참사

2. 흰색 아디다스 운동화 끈이 더러워진 일

   운동화와 끈이 더 이상 같은 색이 아니다.

   (지난 여름 방학에 스톡홀름에서 샀는데 벌써 많이 낡고 헤졌다)

3. 내가 전학 온 이유를 애들이 알까 봐 두려웠던 것


한번은 군 선생님에게 왜 이런 기록을 해야 하는지 물은 적이 있다. 선생님은 내가 기록을 하면서 점점 더 좋은 '관점'을 지닐 수 있게 될 거라고 대답했다. 관점이라니, 그게 도대체 뭐지? 어른들이, 특히 군 선생님이 좋아하는 어떤 대단한 것일까? 나는 도무지 이해가 되지 않았다. 그래서 관점이

란 게 뭔지 더 자세히 설명해 달라고 군 선생님에게 부탁했다. 군 선생님은 잠시 생각하더니, 관점이란 각도 같은 거라고 말했다. 사물이나 어떠한 생각, 사건을 보는 태도와 방법이라고. 날마다 기록을 하면 지식을 쌓는 데에도 도움받을 수 있고, 나 자신을 보다 잘 이해할 수 있게 될 거라고도 덧붙였다.

내가 가진 것에는 더 감사하고, 힘들어하는 부분에 대해서는 노력해 볼 용기를 준다고 말이다. 그 마지막 말을 할 때에는 단호한 눈빛으로 나를 바라보며 한 음절씩 또박또박 천천히 말했다. 그렇게 해야 내가 더 잘 알아들을 거라고 생각한 것처럼. 물론 다른 이야기보다는 확실하게 알아들은 것 같기도 같다. 군 선생님이 내게 직접 하고 싶었던 말은 가령 이런 말 아닐까?

네가 가진 것에 고마워하고, 어렵거나 힘든 부분은 고치면 돼!

설마 군 선생님은 내게 일어난 모든 일을 내가 고마워하고, 마음 깊이 힘들어하지 않아야 한다고 생각하는 걸까? 그래서 내게 이런 숙제를 낸 걸까? 내가 어떤 걸 힘들어할지 미리 알아차렸다면 내게 일어났던 그 모든 일이 일어나지 않았을 거라고 생각하는 걸까?

어른들은 대체로 그렇게 생각하는 것 같다. 힘든 일은 일어나기 전부터 항상 아래에 깔려 있다고 말이다. 하지만 안경 너머에서 잘난 척하는 눈빛으로 나를 바라보는 군 선생님도 이제는 알아야 한다. 이건 숨죽이고 있던 힘든 일이 밖으로 나와 터진 게 아니었다는 것을! 나는 그저 사랑에 빠졌을 뿐이다. 수천 번 짓밟힐 것을 미처 알지 못했던 내 뜨거운 가슴이 있었을 뿐이다. 그 결과로 군 선생님과 상담을 하고, 나의 일상을 기록하게 된 것이다. 다행히 지금은 기록을 하는 게 예전만큼 싫지 않다. 오히려 좋아하는 쪽에 가깝다. 어른들과 똑같은 이야기를 지겹도록 되풀이하는 것을 대신할 수만 있다면, 군 선생님의 어설픈 걱정과 비싼 안경에 가려진 경멸에 찬 눈빛으로부터 멀어질 수만 있다면 얼마든지 더 쓸 수도 있다. 이따금 일 년이 지나 365개나 되는 기록을 군 선생님에게 우편으로 보내는 일을 상상해 보곤 한다. 노란 포스트잇에 휘갈겨 쓴 메모를 붙여 발신자를 쓰지 않은 채, 그것이 누구로부터 온 것인지 군 선생님이 스스로 알아채길 바라면서.

군 선생님, 일 년치 저의 관점을 보냅니다!

◆

나는 도쿄의 한 거리에 서 있다. 아주 기다란 거리다. 지금까지 한 번도 본 적 없는 아주 긴 거리. 사방으로는 하늘을 찌를 듯이 쭉 뻗은 고층 건물들로 둘러싸여 있다. 사람들은 모두 앞만 보고 빠르게 내 옆을 지나간다. 거리의 모든 사람들이 똑같은 속도와 박자로 움직인다. 누구에게도 길을 물어볼 수가 없다. 용기를 내어 한 남자를 멈춰 세운다. 검정 머리에 정장을 입은 그 남자는 내가 무슨 말을 하는지 알아듣지 못한다. 그는 아무 일 없다는 듯이 표정 없는 얼굴로 내 옆을 지나갈 뿐이다. 순간 내가 그에게 영어로 말했는지 우리 말로 했는지 헷갈린다.

가게가 하나 보인다. 여러 가지 다양한 물건이 가득 차 있다. 휴대전화와 무선 인터넷이 있고, 라면도 있다. 게다가 라면 자동판매기다! 나는 부푼 마음으로 자동판매기 앞으로 다가간다. 자동판매기에 달린 화면에는 수프가 담긴 사발 그림이 떠 있고, 그 옆으로 버튼이 여러 개 있다. 버튼에는 알 수 없는 문자와 기호 들이 잔뜩 적혀 있다. 버튼 중 하나에는 달걀 그림이 있고, 다른 버튼에는 갈색 지렁이처럼 보이는 그림이 있다. 갑자기 매스꺼움이 올라온다.

아무리 배가 고파도 지렁이같이 생긴 건 도저히 못 먹겠다. 도대체 누가 저렇게 생긴 음식을 먹고 싶어 할까? 나는 괴상한 라면 자동판매기에서 돌아서서 가게 밖으로 나온다. 그런데 어느 순간, 내 뒤로 많은 사람들이 줄 서 있다.

"줄 서 있는 건가요?"

나는 몸짓을 섞어 가며 묻는다. 그러나 사람들은 모두 내 말뜻을 모르겠다는 눈빛이다.

"저 좀 도와주세요. 배가 너무 고파요. 이 근처에 편의점이 있나요?"

내 뒤로 1미터 정도 떨어져 서 있는 남자에게 소리쳤다. 그러자 남자가 일본식 영어로 퉁명스럽게 대꾸했다.

"나도 라면 좀 먹자."


잠에서 번쩍 깨어났다. 꿈속에서 얼마나 헤맨 걸까? 이건 악몽일까, 개꿈일까. 갑자기 허기가 몰려왔다. 나는 불쑥 휴대전화를 집어서 구글 지도를 펼쳤다. 구글 지도의 거리뷰를 촬영하기 위해 돌아다니는 차가 트롬쇠의 우리 집 앞을 지나쳤을 때, 나는 어디에 있었을까? 불쑥 그런 궁금증이 들었다.


거리뷰를 눌러 트롬쇠에 있는 우리 집을 둘러봤다. 봄에 찍힌 듯하다. 연둣빛 잔디는 가느다랗고, 초록빛을 띤 조그마한

떨기나무 이파리들이 지붕을 덮고 있다. 거리뷰에는 사진을 찍은 날짜나 시간이 나오지 않는다. 나는 구글에서 이 사진을 언제 찍었는지 궁금해졌다.

내가 집 안에 있을 때 찍었을까? 학교에 있었을 때일까? 그 일이 있기 전인가? 아니면 일어난 뒤일까? 내가 곧 학교를 옮겨야 한다는 걸 그때는 알았을까? 구글 차가 지나갈 때, 나는 내 방에 앉아 휴대전화를 보고 있었을까? 옷은 입고 있었을까? 이 사진을 찍은 운전사는 우리 집을 지나면서 무슨 생각을 했을까? 집 안에 너무나도 외로워서 거리로 뛰쳐나오고 싶어 하는 영혼이 있다는 사실을 알아차렸을까? 내가 거리뷰에 찍혔어야 했는데…….

팔을 흔들면서 방방 뛰고 있는 모습이 보였어야 하는데……. '여기요! 여기 나 좀 봐 주세요!'라고 외치는 내가…….

사실 거리뷰 화면에서 그런 사람을 발견할 수는 없다. 구글은 거리뷰 모습에 사람들이 담기는 것을 원하지 않는다. 방안 컴퓨터 앞에 숨어 있길 바란다. 거리뷰를 찍고 있을 때, 내가 밖으로 뛰어나가 손을 흔들었다면 어땠을까? 운전사는 차를 멈췄을 것이다. 그러곤 무거운 표정으로 차에서 내리며 엄하게 꾸짖었을 것이다. 이건 장난이 아니라고, 아주 심각하고 위험한 일이라고. 인터넷을 통해 내 모습이 온 세계에 퍼지게 될 수 있다고 단호하게 말했을 것이다.

아, 그때 내가 그런 목소리를 들을 수 있었다면 얼마나 좋았을까……. 누구라도 내게 인터넷에 올라간 것은 영원히 남는 것이라고 말해 줬더라면…….


욕실 바닥에 물이 흥건하다. 날마다 잠자리에 들기 전에 목욕을 하는 샐리가 흘린 물이다. 오늘은 엄마 아빠 누구도 바닥을 닦을 틈이 없었던 것 같다. 욕실 문을 열고 정확히 이 초가 지나자 내 발은 물에 흠씬 젖어 버렸다. 나는 발이 젖는 것을 끔찍하게 싫어하면서도 양말 벗는 것을 깜빡 하곤 한다. 젖은 발을 내려다보는데 짜증이 치밀었다. 수학 시간에 배운 게 떠올랐다. 마이너스가 두 번 있다고 늘 플러스가 되는 것이 아니라는 것. 한숨을 내쉬며 욕실 안으로 들어갔다.

나는 바닥에 있는 물기를 닦기 시작했다. 이다음에 욕실로 들어오는 사람은 나처럼 젖지 않았으면 좋겠다. 문득 스스로가 대견하다. 누가 시키지 않았는데도 다른 사람을 위해 청소를 하다니! 팔을 걷어붙이고 욕실 구석구석을 닦으니 기분이 좋아진다.

막 허리를 펴고 일어서던 때였다. 아빠가 욕실로 들어왔다. 머리카락은 사방으로 뻗쳐 있었고, 욕실 불빛에 눈이 부신지 미간은 살짝 찡그리고 있었다.

"오! 욕실 청소를 한 거니? 고맙구나. 네 동생을 재우다가 나도 깜빡 잠들어 버렸지 뭐야."

아빠는 주절주절 이야기를 늘어놓았다.

"욕실 바닥에 물이 흥건해서 발이 젖었는데 짜증이 나더라고요. 그러니 다른 사람은 젖지 말라고요."

내 말에 아빠의 눈매가 한결 부드러워졌다. 급기야 온 얼굴에 흐뭇한 미소가 번져 갔다.

"다른 사람을 먼저 생각해 주다니, 기특하구나."

아빠의 말에 괜히 기분이 나빠졌다. 아빠는 왜 저렇게 말할까? 평소에는 내가 다른 사람을 생각하지 않는다는 것처럼! 그렇다면 내가 이기적으로 군단 말인가? 몸에서 힘이 쭉 빠졌다.

"고맙다는 말을 그렇게 하는 거예요?"

나도 모르게 쏘아붙이듯 말했다. 나는 무안함을 감추고 싶었다.

얼른 욕실 밖으로 나와 버렸다.

"아니, 안나. 화가 난 거야? 안나!"

내 방으로 가는 동안 아빠가 나를 불렀다. 나는 물에 젖은 욕실 바닥을 닦았을 뿐인데, 아빠의 말 한마디로 내가 한 모든 미친 일들이 떠오르고 말았다. 피부가 따끔거리고 잊으려고 노력했던 일들이 빠르게 되살아났다. 그 일들이 질주하는 레이싱카처럼 마구 달리다가 벽에 박히고는 또다시 질주를 시작했다. 그러고 나서 잠시 멈췄을 때는 머리카락에서 고무 타는 냄새가 나는 것 같더니 이내 사라졌다. 온몸이 따끔거리고 뜨거워졌다. 배 속에 또 커다란 덩어리가 생겨 버렸다. 아빠가 불러 세우기 전에 빨리 내 방으로 들어가야 한다. 하지만 오늘도 아빠가 나보다 먼저였다.

"안나, 왜 그래? 욕실에서 그렇게 나가 버리면 어떡해. 난 네가 욕실 청소를 해 줘서 고맙다고 말한 것뿐이잖아."

나는 아빠를 바라보았다. 아니, 사실은 볼 수가 없었다. 눈에 무언가가 가득 차올라 아무것도 볼 수가 없었다.

"이리 와서 앉아 봐, 안나. 우리 얘기 좀 하자."

아빠는 애써 부드러운 눈빛으로 나를 보며 계속해서 말을 건넸다. 나는 달력을 붙여 둔 방문만 내내 쳐다봤다.

"이번에는 뭐가 그렇게 힘든 건데?"

아빠의 인내심도 바닥이 난 모양이다. 불안하고 초조한 눈빛으로 다그치듯이 물었다.

나는 그만하라고 소리치고 싶었다. 불안한 눈빛으로 뭐가 힘든지 묻는 것으로부터, 완전히 터져 버리기 전에는 아무것도 말할 수 없어 머릿속을 빙빙 돌고만 있는 생각들로부터 도망치고 싶었다.

아빠에게 그냥 말할 수 있다면 좋겠다. 내가 왜 이렇게 예민하게 구는지, 왜 하루하루가 이렇게 쉽지 않은지…….

그러나 이번에도 아빠가 먼저 입을 뗐다.

"힘들다는 거 충분히 이해해. 여기로 이사를 오고 새 학교로 전학한 거. 그리고 이전 학교에서 있었던 일까지 모두 다. 그래도 아빠한테는 털어놔야지. 아니, 우리 가족한테는 네가 무슨 생각을 하는지 말해 주면 좋겠어."

나는 눈물을 닦았다. 아빠에게 십 대 여자애로 사는 게 얼마나 힘든지 아느냐고 하소연하고 싶었다. 그런 말이 소용없다는 걸 잘 알면서도 말이다.

"내가 가족을 위해서 뭔가를 해 준 적이 단 한 번도 없다고 생각하는 게 싫었어요."

울음을 삼키려고 했지만 결국 흐느끼며 말했다.

"안나, 누가 그렇게 생각한다는 거야? 네가 우리 가족을 얼마나 생각해 주는데. 가끔 집 안을 어지르기도 하지만 스스로 알아서 치워 주잖아. 오늘도 그랬고."

나는 사실은 그런 게 아니라고, 가족에게 느끼는 죄책감 때문이라고 말하고 싶었다. 나 때문에 우리가 원래 살던 곳에서 네 시간이나 멀리 떨어진 곳으로 이사를 온 게 미안했다.

엄마랑 아빠가 내가 겪은 일을 군 선생님에게 이야기하고, 내가 좋은 관점을 갖도록 도와 달라고 그 많은 돈을 지불한 일들도 사과하고 싶었다.

"사실은 죄책감이 너무 커요, 아빠."

아빠가 내 볼을 쓰다듬었다. 다섯 살 이후로 거의 받아 본 적이 없는 손길이다. 하긴, 아빠도 그때 이후로 더는 할 수가 없었겠지. 내가 싫다고 달아났을 테니까. 딸아이의 볼을 부드럽게 쓰다듬는 건 더 이상 못 한다고 단념하고 있었을 텐데…….

지금의 난 할 수만 있다면 다섯 살 때로 돌아가고 싶었다. 고달픔 따위는 모르는 다섯 살짜리처럼 살고 싶다. 다섯 살에 일어날 수 있는 최악의 사고는 자전거를 타다가 넘어져 생기는 생채기 정도다. 다섯 살 때는 몸 안의 것들이 몸 밖의 것들보다 훨씬 나쁜 일을 저지를 수 있다는 것을 알지 못하니까. 자전거를 타다가 넘어진 생채기는 반창고를 붙이면 금세 사라진다. 쓰다듬어 주고, 호호 불어 주고, 어른들이 금방 괜찮아질 거라고 말해 주면 다음 날 정말로 괜찮아진다.

물론 내게 일어난 사고를 그것과 비교할 수는 없다. 내 상처는 그보다 훨씬 끔찍하다. 무엇보다, 앞뒤 가리지 않고 제대로 된 생각을 하지 못한 십 대에게는 이제 괜찮다고 말해 줄 어른도 없다. 내 상처에는 반창고를 붙일 수 없다.

이 세상에 있는 모든 병원에 전화해서 온갖 좋다는 약을 다 처방받아도 내 통증을 낫게 할 특효약은 찾을 수 없을 것이다. 무슨 병이든 다 고친다는 명의를 찾아간들 무슨 소용이 있을까. 그들도 나를 보면 고개를 저으며 슬픈 목소리로 이렇게 말하겠지.

"이런, 내가 널 고쳐 주기는 쉽지 않겠구나. 네 상처가 너무 커서 아무래도 안 될 것 같아."

# 그날

내가 정말 그토록 커다란 상처를 입은 건가?

이 통증은 언젠가 멈춰질 수 있을까? 수천 년 전에 난 상처처럼 아득하게 느껴진다. 그 상처가 나기 훨씬 전부터 이미 내게 수백 개의 상처가 있었던 것처럼……

랄쉬는 다른 이보다 앞니가 조금 길다. 오른쪽 앞니가 살짝 더 깎인 듯하지만 이건 아주 가까이 가서 봐야 알 수 있다. 왁스로 매끈하게 빗어 넘긴 갈색 머리카락에서는 풍선껌처럼 달콤한 향이 난다. 습관적으로 턱을 괴고 있는데 항상 턱 중앙에서 약간 오른쪽으로 괸다. 턱을 괴고 있는 오른팔 아래쪽에 핏줄이 서면 뱀이 똬리를 튼 것처럼 보이기도 한다. 그리고 무엇보다 랄쉬한테는 늘 좋은 냄새가 난다.

나는 체육 시간이 돼서야 랄쉬도 다른 십 대 남자애들과 같은 땀 냄새가 난다는 걸 알았다. 물론 랄쉬는 자기한테 무슨 냄새가 나는지 상관하지 않았지만. 내가 언제부터 랄쉬에게서 나는 냄새나 앞니 모양, 팔에 올라오는 힘줄에 신경 쓰게 되었는지는 확실하지 않다. 그냥 꽤 오래된 것 같다. 랄쉬는 내 앞자리 왼쪽에 앉는다. 랄쉬는 목이 깨끗하다. 다른 남자애들 목 뒤에 난 붉은 발진 같은 여드름이 랄쉬에게서는 전혀 보이지 않았다. 랄쉬에게 온 정신이 쏠리면서부터 난 그 애의 목에 집착했다. 교과서보다 랄쉬의 목을 훨씬 더 많이 보았을지도 모른다.

생각해 보면 우리는 중학교 1학년 때부터 쭉 같은 반이었다. 그런데 2학년에 올라와 크리스마스와 겨울 방학이 지난 뒤로 랄쉬가 갑자기 변해 버렸다. 키가 훌쩍 자랐고 머리카락 빛깔은 더 어두워졌다. 몸에는 근육이 붙었다. 여하튼 예전보다 훨씬 멋있어졌다.

나는 랄쉬가 내 쪽으로 몸을 돌리고 처음 말을 건 날을 잊을 수가 없다. 수업 종이 막 울렸고, 지리 선생님이 교실로 들어오기 직전이었다. 랄쉬가 의자를 돌려 내 얼굴을 보며 말했다.

"스벤 선생님한테 말이야, 오늘 선생님의 생일인 척 장난쳐 볼래?"

랄쉬가 개인적으로 내게 건넨 말은 꽤나 불순했다. 선생님 한테 장난을 치자고 하다니! 순간 나는 어떻게 대답해야 할지 몰라 머뭇거렸다. 그러다 랄쉬가 내게 말을 걸어 준 게 고마워서 미소를 지으며 고개를 끄덕였다. 생일이 아닌데 생일인 척 하자는 게 좀 바보 같았지만 싫다고 말하기 싫었다. 한편으로 는 조금 재미있을 것도 같았다.

"그래, 그러자. 어떻게 하면 되는데?"

내가 묻는 말에 랄쉬는 눈썹을 치켜올렸다. 그 순간 나는 후회했다. 그냥 '그래'라고만 할걸! 질문 같은 건 하지 말고. 없 던 일로 하자고 하면 어떡하지?

"생일 축하 노래를 부르는 거 말고 뭐가 더 있겠어? 그럼 어리둥절한 표정으로 반 전체를 둘러보겠지. 평소에도 스벤 선생님은 어리바리하잖아."

랄쉬가 웃으며 대답했다.

스벤 선생님의 발걸음 소리가 들렸다.

랄쉬는 웃음을 거두고는 재빨리 몸을 돌려 노래 부를 준비를 했다. 머리카락이 얇은 스벤 선생님은 키가 2미터 가까이 되는데 몸이 비쩍 말라서 꼭 걸어 다니는 전봇대 같았다. 또 소지품은 '푸른 매일'이라고 적힌 망에 넣어서 들고 다녔다. 선생님은 매일 아침 자전거 페달을 느릿느릿 밟으며 학교에 왔고, 이십 년쯤 전에 산 듯 보이는 옷을 입었다. 그때나 지금이나 변하지 않을 것 같은 옷 말이다. 날이 더워서인지 스벤 선생님은 땀을 뻘뻘 흘리며 도시락 냄새가 진동하는 교실 안으로 헐레벌떡 들어왔다. 교무실에서 딴생각을 하다가 수업 시간을 잊고 있었나 보다. 랄쉬가 자리에서 벌떡 일어났다. 그리고 나를 비롯한 우리 반 애들 모두가 랄쉬를 따라 자리에서 일어났다. 나한테만 장난을 치자고 한 게 아니었다. 랄쉬는 반 애들과 사전에 모의를 했던 모양이다. 우리는 랄쉬가 시킨 대로 생일 축하 노래를 부르기 시작했다.

"생일 축하합니다. 생일 축하합니다. 사랑하는 스벤 선생님의……."

"오늘은 내 생일이 아닌데?"

선생님이 반은 놀란 듯 반은 짜증난 듯한 표정으로 노래를 저지했다.

그 말에 우리는 크게 소리 내어 웃었다. 웃는 거 말고 뭘 더 할 수 있었겠는가?

그때도 내가 나의 하루를 기록했다면 그날의 좋았던 일 세 가지는 이렇게 적었을 것이다.


1. 랄쉬가 나를 향해 돌아본 것

2. 랄쉬가 나에게 말을 건 것

3. 랄쉬가 내 존재를 아는 것

인스타그램에 '좋아요'가 눌린 지 엿새가 지났다. 'Inspiration4you(인스피레이션포유)'라는 아이디가 내가 이사하기 전에 올렸던 이웃집 개 사진에 '좋아요'를 눌렀다. 그 사진은 벌써 오 개월도 더 지난 것이다. 누군가가 인터넷 속을 돌고 돌다가 내 사진에 '좋아요'를 누른 것에 괜히 기분이 좋아진다.

어떤 경로로 찾아왔을까?

내 프로필 사진에는 옛날 이웃집 개 사진, 개 그림이 그려진 담요를 뒤집어쓴 셀카, 날씨가 좋은 날 할머니네 집 창밖으로 보이는 풍경이 저장되어 있다.

엄마가 집에 돌아왔을 때, 나는 휴대전화를 들고 식탁 의자에 앉아 있었다. 엄마는 손에 한가득 들고 온 쇼핑백을 주방 바닥에 내려놓고 목에 두른 목도리를 풀었다.

"안나, 집에 있었어?"

세상에서 가장 싱거운 질문이다.

"네, 쭉 여기에 앉아 있었어요."

나는 휴대전화를 내려놓으며 대답했다. 엄마는 저녁거리로 사 온 것을 싱크대로 옮기고, 십자수용 실을 식탁 위에 올려 뒀다. 나는 엄마가 사 온 실들을 내려다봤다. 명도의 차이가 있을 뿐 죄다 어두운 색이다. 엄마는 취미 삼아 십자수를 놓는데, 보통 할머니들이 정성껏 수놓아 벽에 걸어 놓는 그런 류의 자수가 아니다. 아니, 어쩌면 그런 것일지도 모르겠다. 단지 수놓는 글자가 일반적으로 생각하는 것과 크게 다르다. 엄마는 '어서 오세요'라고 수놓지 않고 '어서 오세요, 도대체 여기서 뭘 하고 싶어요?'라고 수를 놓으니까.

엄마가 가방에서 휴대전화를 꺼내 인스타그램 앱을 열고 사진을 검색했다.

"이거 봐, 안나. 이거 좀 재미있지 않아? 야생화를 배경으로 이런 문장을 수놓다니! '똥 속에서 목을 들 때, 머리 드는 것을 잊지 말라'래, 아하하."

엄마가 웃는 모습을 빤히 바라보았다. 물론 나도 꽤 웃기다고 생각했다. 이어서 나는 엄마가 저장해 둔 또 다른 사진을 보았다. '인생보다 단단한 페니스는 없다'고 수놓은 십자수 사진이다.

나는 얼굴이 발개졌다. 엄마는 어디서 이런 걸 찾아 저장한 걸까? 그 사진을 본 엄마도 얼굴이 발개져서는 내 손에서 휴대전화를 가로채더니 이건 내가 볼 만한 게 아니라고 중얼거렸다. 그리고 헛기침을 하며 급하게 화제를 바꾸었다.

"오늘 저녁으로 어묵 요리를 할 건데, 당근 손질을 도와줄래?"

"개당연하죠."

내가 대답했다.

"안나! 우리 집에서는 그런 말 쓰는 거 금지야!"

엄마가 심각한 표정으로 말했다.

"맞아요. 자수를 놓을 때만 쓰는 말이니까요."

내 말에 엄마와 나는 서로 마주 보고는 크게 웃음을 터뜨렸다.

# 그날

나는 랄쉬에 대해 더 많은 것을 알게 되었다. 그 애 몸이 70퍼센트의 수분과 혈액, 피부, 세포, 머리카락, 체지방, 그리고 근육으로 구성되어 있다는 것을 알았다. 한 달에 반은 엄마네 집에서, 나머지 반은 아빠네 집에서 지낸다는 것도 알았다. 그 애에게 친한 친구 두 명이 있다는 것과 신발 사이즈는 280밀리미터이고 키는 180센티미터이며 4월 4일에 태어난 걸 알았다. 랄쉬가 내게 말을 건 뒤로 나는 그 애와 이야기를 나눌 때마다 그 횟수를 세기 시작했다. 스톱워치는 없었지만 마음속으로 이야기를 나눈 시간을 재 본 적도 있다. 스벤 선생님을 골려 준 그날, 그 애는 내가 자기 편이라는 것을 알았을 거다. 그 애 편이란 무슨 의미일까? 랄쉬가 내게 미소를 지어 보였을 때나 그 애가 셋까지 세고 스벤 선생님에게 생일 축하 노래를 불러 준 그날에는 몰랐다.

"과학 숙제 했어?"

랄쉬가 뒤를 돌아보며 물었다. 물론 나는 과학 숙제를 이미 다 했다. 쉬는 시간에 과학 숙제 말고 할 수 있는 게 뭐가 있다고?

"했어."

이렇게 대답하고는 속으로 숫자를 세기 시작했다.

10…….

"난 삼투 작용이 이해가 안 돼."

랄쉬는 손을 들어 머리카락을 뒤로 넘기면서 말했다. 그러자 앞머리가 흐트러졌고, 순간 나는 껌을 씹고 싶었다. 다시 20까지 세었다.

"'구글'이라고 들어 봤어?"

웃기려고 한 말인데 성공하진 못했다. 랄쉬가 원하는 답이 아니었던 거다. 그 애가 눈을 살짝 치켜뜨고는 다시 몸을 돌려 칠판을 보았다. 나는 이렇게 대화를 중단하고 싶지 않았다. 계속해서 랄쉬와 이야기 나누는 시간을 재고 싶었고, 내가 이야기를 더 하고 싶어 한다는 것을 그 애가 알았으면 했다. 그래서 말했다.

"내가 도와줄까?"

왁스를 바른 가지런한 랄쉬의 머리카락이 다시 나를 향했다. 곧 랄쉬의 입술에 미소가 떠올랐다.

"완전 좋지."

나는 다시 1부터 세었다. 그러는 동안 랄쉬와 눈이 마주쳤다. 그제야 나는 그 애와 마주 앉아서 눈을 똑바로 쳐다보는 것이 처음이라는 사실을 깨달았다.

"난 네 도움을 꼭 받고 싶어."

랄쉬는 '네 도움'을 강조하며 말했고, 나는 10 다음에 무슨 숫자가 오는지 까먹고 말았다. 다만 그 애의 마구 흐트러진 앞머리가 그때까지 내가 본 그 무엇보다 아름답다는 것을 알았다.

◆

◆

◆

교실 벽은 대체로 하얗게 칠해졌다. 새하얀 색은 아니다. 크림색 같기도 하고, 얼음장처럼 푸릇한 흰색으로 보이기도 한다. 원래는 잿빛 하늘이 연상되는 흰색이었는지도 모른다.

이렇게 다양한 흰색을 만든 사람은 도대체 누구일까? 흰색이니까 그냥 하야면 안 되나?

이 학교에는 지정된 자리가 없고, 이름표도 붙이지 않는다. 학생들 이름을 죄다 외우는 선생님도 있고 외우지 못하는 선생님도 있다. 하지만 적어도 내 이름은 알아야 하지 않을까? 다른 애들은 학기에 맞춰 등교했지만, 나는 학기 중에 불쑥 들어왔으니 말이다. 나는 선생님이나 애들이 내 이름을 '안네'로 잘못 부를 때마다 일일이 고쳐 줘야 했다. 이 반에는 곱슬

머리에 옷도 나름 잘 입는 '필립'이란 남자애가 있는데, 그 애는 벌써 세 번이나 날 안네라고 불렀다. 이번에 또 틀리게 부르면 뭐라고 대꾸해야 할까?

나는 교실에 정해진 자리가 없다는 게 좋다. 지정된 내 자리가 있으면 편하지만 그래도 매일 자리를 옮겨 가며 앉을 수 있다는 것이 더 마음에 든다. 맨 뒷자리에 앉을 수 있으니까. 시간이 더 지나면 앞자리로 옮겨 볼 수도 있겠지만 아직은 그럴 자신이 없다. 이참에 앞으로 해 볼 일을 기록해 두고, 그것을 하나하나 지워 가는 건 괜찮겠지?

왠지 재미있을 것 같다.


해 볼 일

1. 교실에서 앞자리로 옮겨 보기

2. 수업 중에 손 들고 대답하기

   (선생님한테 지목되어 대답하는 것만 하지 말고!)

3. 반에서 친구를 한 명 사귀어 보기


마지막 일이 가장 어려울 테지만, 앞으로 해 볼 일 중에서 내가 가장 원하는 일이기도 하다. 그러고 보니 빨간 머리 티나도 뒷자리를 좋아한다. 티나는 다른 여자애들이랑 다른 식으로 화장을 한다. 그 애는 어두운 색으로 아이라이너를 그리고 속눈썹을 중심으로 눈두덩이에 검은색 아이섀도를 바른다. 티나는 이 반에서 두 해를 보냈을 텐데 다른 애들과 어울려 지낼 생각은 없어 보인다. 티나와 처음 이야기를 주고받았을 때부터 그 애가 이 반의 다른 애들과는 결이 다르다는 걸 알았다. 또 내가 티나를 좋아하게 될 거라는 것도.

부디 티나도 나를 좋아했으면 좋겠다.


화요일이다. 주말이 끝난 지 얼마 안 됐고, 다음 주말까지 시간이 많이 남았다. 일주일 중 최악의 날이다. 나는 왜 주말을 기다리는 걸까? 잘 모르겠다. 주말이라고 딱히 할 일이 있는 것도 아니고, 계획도 거의 없다. 학교에 가지 않는 날에만 꼭 할 수 있는 뭔가를 기다리는 것도 아니다. 다만 주말에는 알람을 맞출 필요가 없고, 시끄러운 알람에 억지로 잠을 깰 필요도 없다. 하긴 알람이 아니더라도 동생의 울음소리와 고함 소리에 일찍 일어나야 하지만. 어쨌든 난 주말이 좋다.

그런데 오늘은 화요일이다. 나는 맨 뒷자리를 차지하기 위해 아침 일찍 학교에 도착해서 교실 문이 열리기를 기다렸다.

이제 곧 담임 선생님이 '좋은 아침!'이라고 인사하며 교실 문을 열어 줄 것이다.

티나는 한 번도 일찍 온 적이 없다. 그 애는 버스를 타고 오는데, 그 버스는 정시에 맞춰서 학교에 등교하는 애들로 늘 만원이다. 티나는 선생님이 교실로 들어오기 바로 직전에야 자리에 앉는다. 나는 멍하니 텅 빈 운동장을 바라봤다.

겨울이 되면 저기도 얼음이 얼어 미끄러워지겠지? 지금은 한적해 보이지만 나중에는 수다를 떨고, 사랑 싸움을 하고, 뒷담화를 하는 애들로 분주해질 거야. 내가 다시 교실로 시선을 돌렸을 때는 티나가 자리에 앉아 있었다. 오늘 그 애 자리는 내 오른쪽 옆이다.

"요!"

티나가 인사했다. 난 누군가 '요'라고 인사할 때 어떻게 답해야 할지 몰랐다. 하지만 이렇게 답했다.

"요요!"

마치 원숭이가 사람 말을 따라 하는 것 같았다. 짙은 색으로 아이라인을 그린 티나도 나를 보며 내가 작은 원숭이 같다고 생각했는지 모른다.

"사실 요즘은 '요'라고 인사하지 않는 것 같아. 좀 지난 말일까?"

티나가 웃으며 말했다. 난 무안해져서 입술을 살짝 깨물었다. 동시에 요즘에는 어떤 말로 인사하는지 알고 싶었다.

"그럼 요즘 대세는 뭔데?"

티나가 다시 웃었다. 다정한 웃음이다. 그 애는 내가 바보가 아니라 재밌는 애라고 생각하는 것 같다. 그제야 마음이 놓였다.

"글쎄, 요즘 유행하는 인사법이 따로 있었나?"

티나는 두 손을 양쪽으로 들어 올리고는 과장되게 어깨를 으쓱하면서 말했다. 그러더니 우스꽝스러운 표정을 지으며 덧붙였다.

"나도 모르지!"

나도 티나를 따라 웃음이 났다.

선생님이 교단 앞에 서서 손을 흔들었다. 오늘은 담임 선생님 대신 국어 선생님이 교실로 들어왔다. 그녀는 내가 지금까지 본 사람 중 속눈썹이 가장 길었다. 남자애들이 국어 선생님을 빤히 쳐다보자 선생님은 약간 긴장한 것 같았다. 곧 국어 수업이 시작됐고, 반 애들은 책 읽기 발표를 무슨 책으로 할지 웅성거렸다. 나는 티나에게 무슨 책을 선택했는지 물어

보고 싶었다. 티나는 분명 내가 듣도 보도 못한 책을 이야기할 것이다. 그 애라면 뱀파이어에 관련된 책이나 살인마의 전기 같은 무섭고 괴기한 책을 선택했을 것 같다. 나는 내가 고른 책보다 티나가 고른 책에 온 신경이 쏠렸다. 이윽고 나도 내가 발표할 책을 골랐다.

"자, 그럼 이제 수업을 시작해 볼까?"

국어 선생님이 긴 속눈썹을 깜박이며 말하자 교실 안 여기저기서 나누던 말소리가 뚝 멈췄다.

"요!"

티나가 대답하며 나를 보았고, 우리는 같이 웃었다. 우리의 웃음소리에 앞에 앉은 여자애 둘이 흘낏 돌아다봤다. 흐트러짐 없이 머리를 세팅하고, 뽀얀 피부를 지닌 둘이 얼굴을 마주 보고 눈동자를 위아래로 굴리더니 귓속말을 하고 나서 다시 돌아앉았다. 순간 배 속에 덩어리가 생길 뻔했지만 티나가 웃기에 나도 웃어넘겼다. 티나와 함께 웃자 몸이 따뜻해졌다.

마치 모닥불 앞에 앉아 있는 것 같았다. 나는 그 애의 웃는 얼굴을 보며 생각했다. 이제 우리가 된 걸까? 티나는 내 편이 되어 줄까?

수업을 마치고, 나는 교실 문 밖으로 나와 천천히 복도로 걸어갔다. 버스를 타는 애들은 벌써 다 집으로 돌아갔다. 복도 창밖을 내다보자 학교 운동장에 빨간 머리가 보였다. 티나였다. 그 애는 두툼한 목도리를 두른 채 버스 정류장 쪽으로 걸어가고 있었다.

학교에서 나오는 길에 나는 우리 반 여자애 세 명과 마주쳤다. 반에서 인기가 많은 애들인데, 지금껏 이 애들과는 이야기를 나눠 본 적이 없다. 헤어스타일이나 입고 있는 옷으로 보아 외모에 꽤나 신경을 쓰는 듯했다. 내 눈에는 실제 나이보다 더 들어 보이고 싶어 하는 것 같았지만. 그 애들은 돌아오는 주말을 어떻게 보낼지 떠들고 있었다.

"필립네 파티에 갈 거야?"

"물론이지. 다 가는 거 아냐?"

"3학년은 다 초대받은 것 같더라. 그런데 필립은 어린 여자애를 좋아한대."

"진짜?"

나는 잠시 멈춰 서서 뭔가를 찾는 척하며 가방 안에 손을 넣고 뒤적뒤적했다. 하지만 그 애들은 내가 자기들 이야기를 듣고 있는 걸 크게 신경 쓰지 않았다.

"몇 주 전까지 중2랑 붙어 다니면서 낄낄거리더니 이번 주 월요일에는 그 애가 누구였는지 기억도 안 난다고 하더라고."

"인증샷을 찍어 둘걸. 잡아떼지 못하게 말이야."

"우리 반 모두 그 파티에 가겠지?"

"아, 티나는 안 갈걸. 파티나 모임에 온 적이 한 번도 없잖아. 주말 내내 집에 틀어박혀 공포 영화나 보고 뱀파이어 책 같은 걸 읽겠지. 좀 유별나지 않아?"

나는 그 애들이 티나에 대해 이야기하는 것을 못 들은 척했다. 그리고 학교 정문으로 나가려는데 그 애들이 나를 알아보았다. 그제야 말이다.

"안나, 너도 이번 주 토요일에 필립네 파티에 올 거지? 3학년은 모두 다 갈 거야."

"티나는 빼고 말이지?"

내가 낮은 목소리로 물었다.

"응. 티나는 빼고. 티나는 절대로 안 온다니까."

"그렇구나. 그런데 어쩌지? 난 주말에 갈 데가 좀 있어."

그렇게 말하고서 나는 그 여자애들이랑 멀찍이 떨어져 걸어갔다.

◆

그날 밤, 나는 또다시 인어가 되었다. 평화로웠다. 급히 달아나거나 도망칠 일도 없었다. 처음에는 나를 둘러싸고 있는 바다가 어두워서 아무것도 볼 수 없었다. 하지만 짙은 푸른색 바다에 눈이 익숙해지자 내가 바다에 홀로 있다는 것을 알았다. 물고기도 상어도 없었다. 오로지 나와 바다뿐이다. 얼마 안 있어 바닷물 빛이 밝아졌다. 마치 닫혀 있던 문이 열리는 것 같더니 상어가 나타나고 해파리가 떠다니고, 크고 작은 물고기들이 헤엄쳤다. 그리고 또 다른 무언가, 나와 같은 무언가가 보였다. 하체는 물고기 상체는 여자다. 물빛이 밝아질수록 나와 똑 닮은 그 인어를 더 자세히 볼 수 있었다. 그녀도 나를 보는 걸까? 해파리와 작은 플랑크톤이 득시글한 곳이 아닌 그녀가 있는 곳으로 가고 싶다. 그녀가 자신의 꼬리를 돌려 내 방향으로 몸을 틀었다. 얼굴이 낯익다. 내가 본 얼굴…… 그제야 깨달았다. 그녀가 빨간 머리의 그 애라는 것을.


수업이 시작된 지 십 분이 지나도록 프랑스어 선생님이 교실에 들어오지 않았다. 옆자리에 앉은 티나는 연습장을 꺼내 과거와 과거 완료 시제를 공부했다. 다행히도 'R' 발음이 없는 단어라 막힘없이 읽어 갔다. 티나는 눈썹을 올렸다 내리고, 입술을 오므렸다 늘렸다 하면서 발음 연습을 했다. 나는 주변을 신경 쓰지 않고 발음 연습에 몰두하는 티나가 근사했다.

"위위, 쎄 라 파세, 콩포제. *oui oui, c'est la passé composée.* '그래그래, 그건 복합 과거야'라는 뜻"

티나가 책을 보며 발음했다.

"티나, 내 생각에 그건 말이야, '쎄 르 파세, 콩포제. *c'est le passé composée. 티나가 여성형 관사 'le'를 'la'로 잘못 읽어 안나가 발음을 알려줌*'로 읽어야 할 것 같은데."

난 티나의 발음을 수정해 주고는 곧 후회했다. 나를 잘난 척하는 모범생이라고 생각할 것 같아 두려웠다. 그러나 티나는 책을 다시 한번 훑고 나서 마치 보석이라도 발견한 듯이 크게 소리쳤다.

"우아, 안나, 대단한걸!"

"내가 좀 범생이 같았지."

난 부끄러워서 작게 중얼거렸다.

"안나, 이전 학교에서도 프랑스어 잘했어?"

티나의 물음에 프랑스어를 잘하고 싶어서 노력했던 게 생각났다. 잘난 척할 정도로 잘한 건 아니었지만……

"좀 했지."

티나가 빙그레 웃으며 프랑스 신사의 둘둘 말린 수염 모양을 책에 그렸다.

"안나, 이번 프랑스어 시험에서 만점 받으면 축하 파티를 열자. 뭐, 어렵지 않게 열겠지만!"

나는 티나가 그린 수염 모양 옆에 웃는 얼굴을 그렸다. 티나는 내게 더 궁금한 것이 있는 것 같은 표정을 지었다.

"이전 학교에서는 프랑스어 수업을 듣는 애들이 많았어?"

"글쎄, 여기보다는 좀 적었던 것 같아."

주변을 돌아보니 다른 애들은 선생님이 끝까지 들어오지 않을 거라고 생각하는 눈치였다. 떠드는 정도가 쉬는 시간에 복도에서 떠드는 정도와 비슷했고, 의자에 앉아 있는 애들도 거의 없었다. 티나와 나, 그리고 다른 몇몇만 자리에 앉아 있었다. 나는 티나의 말을 잘 듣기 위해 그 애에게 몸을 가까이 기울였다.

"이전 학교는 좋았어?"

그때였다. 교실 문이 열리고 키가 자그마한 여자 선생님이 들어왔다. 무테안경을 끼고 검은 앞머리를 이마에 가지런히 내린 선생님은 얼굴에 핏줄 선 것이 보일 만큼 투명한 피부를 지니고 있었다. 선생님은 이제 막 지구에 도착한 외계인처럼 얼떨떨한 눈으로 교실 안을 둘러봤다. 이번에도 프랑스어 선생님 대신 임시 선생님이 들어온 거였다. 애들끼리 있는 것만큼은 아니지만, 편하고 여유롭게 수업 시간을 보낼 수 있을 것 같았다. 그러나 모두의 예상과 달리 선생님은 자신의 이름을 말하고 나서 곧장 수업을 시작했다.

애들의 한숨 소리와 짜증 섞인 야유가 여기저기서 터져 나왔다. 덕분에 난 티나의 질문에 대답하지 않을 수 있었다.


쉬는 시간이 되고, 티나가 토요일에 계획이 있는지 물었다. 나는 필립네 집에서 열릴 파티를 떠올렸다. 순간 잘 노는 척할지, 솔직하게 말할지 고민하다 솔직하게 대답했다.

"아니."

"나도 없어. 우리 같이 놀래?"

갑자기 속이 꿀렁거렸다. 배 속에 있는 거품이 커졌다가 터지고 다시 커졌다가 터지는 걸 누군가가 보고 있는 것 같은 기분! 물론 나는 티나와 같이 주말을 보내고 싶었다. 내 방에 혼자 우두커니 앉아 시간이 가는지, 시간이 실제로 존재하는 건지, 사람들이 만들어 놓은 상상은 아닌지 고민하는 것 말고 티나와 만나 놀고 싶었다. 그래서 그냥 고개를 끄덕였다.

재미있는 사람이고 싶어 노력하는데 재미있는 사람으로 인정받을 수 있을 때를 놓치면 그게 무슨 소용이겠는가.

"좋아, 그럼 우리 약속한 거다! 토요일 8시, 우리 집에서 볼까?"

티나가 묻기에 내가 대답했다.

"응, 그러자. 그때는 요즘 인기 있는 텔레비전 쇼를 하는 시간이군!"

"맞아, 그 프로그램 최근 시즌을 몰아서 보는 건 어때?"

그 질문에는 아무 말도 하지 않았다. 티나가 농담을 하는 건지 아닌지 알쏭달쏭했고, 내가 이미 전편을 다 봤다고 하면 너무 한심해 보일 것 같았다.

"솔직히 말하면 난 주말 드라마가 더 보고 싶어."

에둘러 대답한 나를 티나가 장난기 가득한 미소를 지으며 바라보았다.

"그럼 그냥 영화나 한 편 볼까?"

집에 가는 길에 휴대전화가 울렸다. 할머니였다.

"여보세요, 할머니?"

"내가 방금 너를 지나친 거 같은데?"

"정말요?"

"그래. 내가 손을 흔들었는데 본 척도 안 하던걸."

"딴생각을 하느라 그랬나 봐요."

할머니는 잠시 말이 없었다.

"생각할 게 많니, 안나? 새 학교는 어때?"

"친구를 사귀게 된 거 같아요."

할머니가 웃었다.

"나도 그럼 물어보자. 네가 한 바로 그 대답, 정말 그런 거 같아? 정말 그래?"

"네, 아마도……. 아니, 그러니까 누구를 만나긴 했는데 친구가 된 건지는 아직 잘 모르겠어요."

나도 모르는 새에 입꼬리가 씩 올라갔다.

"여자야, 남자야?"

"여자죠, 당연히!"

내가 당연하다는 듯이 대답하자 할머니가 목소리를 조금 높였다.

"왜? 남자일 수도 있잖아!"

할머니의 말에 갑자기 피곤이 몰려왔다.

"당분간 남자는 끊으려고요, 할머니."

그 말에 할머니가 크게 소리 내어 웃었다. 할머니는 벌써 다 잊은 걸까?

"친구를 만났다니 좋은 소식이구나. 이 늙은이 말고 젊은 친구를 여러 명 사귀길 바란다."

"할머니는 참! 할머니 나이가 뭐가 많아요?"

"안나, 내 기분 좋으라고 하는 말인 거 다 안다! 여하튼 곧 보자꾸나!"

"네, 안녕히 계세……."

내 말이 끝나기도 전에 할머니는 전화를 끊었다. 할머니는 늘 이렇게 바쁘다.


드디어 토요일이 왔다. 저녁에는 티나네 집에 갈 것이다. 어떤 영화를 볼지 모르겠지만 전에 공포 영화를 좋아한다고 했으니 공포 영화를 볼 것 같다. 나는 공포 영화를 생각하는 것만으로도 맥박이 빨리 뛰었다. 오후에는 엄마와 바지를 사러 시내에 나갔다. 평범한 블랙 진을 골랐는데 몸에 꽉 끼는 것 같았다. 어정쩡한 자세로 거울에 비쳐 보는 내게 가게 점원이 입다 보면 늘어날 거라고 말했다. 옷 가게를 나온 뒤에는 카페에 들러 아이스 카푸치노를 마셨다. 저녁이 되었고, 나는 외

출할 준비를 마쳤다. 엄마는 자신이 새 친구네 집에 놀러 가는 것처럼 들떠 보였다. 나는 새 바지를 입고 거울 앞에 섰다. 목에는 스카프도 둘렀다. 왼쪽으로 돌아보고 오른쪽으로도 돌아보았다. 스카프를 풀었다가 다시 두르고, 다른 방식으로 묶어 보았다. 머리카락을 가지런하게 하나로 모아 머리 위로 올려 묶었다가 얼굴이 너무 커 보여 다시 풀었다. 등에서 땀이 났다.

"친구랑 만나 같이 논다니, 잘됐구나, 안나!"

세탁실에서 나오던 아빠가 말했다. 나는 대답 대신 웃어 보였다. 하지만 내 얼굴에 떠오른 건 기대와 두려움이 섞인 어색한 미소였다. 아빠에게 처음 보이는 미소는 아니다. 그 일이 있은 뒤로 나는 시시때때로 아빠에게 어색한 미소를 지어 보였다. 씩씩하게 보이고 싶어서다. 아빠가 지갑에서 100크로네 우리나라 돈으로 1크로네는 약 130원이다. 100크로네는 13,000원쯤이 된다 를 꺼냈다.

"과자 좀 사서 가. 토요일이잖아."

"고마워요."

나는 아빠를 꼭 안으며 말했다.

"스카프도 예쁜데?"

아빠가 문을 나서는 내게 말했다.

슈퍼 안 과자 코너 앞에 서서 어떤 걸 사 갈지 한참 고민했다. 그러다 티나와 영화를 보기로 한 걸 생각해 냈고, 영화 볼 때의 첫 번째 규칙인 '팝콘을 먹는다'를 떠올렸다.

*집에 전자레인지 있어?*

티나에게 문자를 보내자 곧장 답이 돌아왔다.

*교황은 가톨릭 신자지?*

나는 티나의 답을 곰곰 생각했다. 교황이 가톨릭 신자인 건 의심의 여지가 없으니 '예스'로 받아들였다. 그게 전자레인지 랑 무슨 상관일까 의아했지만 생각할수록 웃음이 났다. 티나에게 다시 문자가 왔다. 이번에는 커다란 교황 모자를 쓰고 있는 교황이 두 엄지손가락을 치켜들고 있는 사진을 보내왔다.

"아, 전자레인지가 있다는 거군."

전자레인지용 팝콘 두 봉지를 집어 들었다. 나는 티나의 이런 괴짜 같은 구석이 좋다. 좋은 면으로 괴짜 같은 것 말이다. 그 애의 특별함은 내 배 속을 비누 거품으로 출렁이게 한다. 티나가 사는 크고 하얀 집으로 들어가면서 나도 그 애의 배 속을 비누 거품으로 출렁이게 하고 싶었다.

티나는 오늘 우리가 볼 영화를 일찌감치 다운로드 받아 놨다고 했다. 프로젝터가 설치된 다락방은 개인 영화관으로 꾸몄다고 말할 때는 꽤나 우쭐해했다. 나는 팝콘을 전자레인지에 넣고 돌린 뒤 부엌에서 찾은 커다란 그릇에 담아냈다. 티나는 냉장고에 미리 넣어 차갑게 준비한 콜라와 유리잔을 꺼내 왔다.

우리는 좁은 계단을 올라 다락방으로 들어갔다. 천장이 낮아 입구를 통과할 때는 고개를 숙이고 기듯이 올라갔다. 티나나 나나 키가 큰 편이 아닌데 말이다. 다락방으로 올라가는 동안 다른 애들은 지금 다른 곳에서 전혀 다른 계단을 오르고 있겠구나 생각했다. 필립네 집 계단을 오르내리며 요란스럽게 지내고 있는 모습도 상상했다. 흥에 취한 필립과 이제 막 중학생이 된 여학생을 달콤한 말로 꾀는 필립. 파티에 초대된 애들 중에는 콜라와 전혀 다른 음료를 몰래 가지고 온 애가 있을지도 모른다. 그 생각이 들었을 때는 나도 그곳으로 가 보고 싶어졌다. 아주 잠깐 동안 팝콘 그릇을 다락방 바닥에 내려놓고, 뛰쳐나가고 싶다는 생각도 했다. 다른 애들이 있는 곳으로 가서 내 머릿속을 복잡하게 만드는 생각을 조금 덜하게 해 주는 음료를 마시고 싶었다. 그러나 아니다. 이제는 아니다. 난 여기서 티나와 함께 있고 싶다. 콜라의 달큰한 향과 구수한 팝콘 냄새가 감도는 이 다락방에서, 하루 종일 신고 있던 양말을 벗고 폭신한 소파에 앉아 따뜻한 담요를 덮고 있는 것이 좋았다. 다락방 한쪽에 놓인 커다란 상자가 눈에 들어왔다. 상자 안을 가만히 들여다보니 커다란 햄스터가 들어 있었다. 햄스터는 상자의 한쪽 구석에 앉아 있었다.

"얘는 슬루베트야!"

"슬루베트? 재미있는 이름이네."

"재밌는 녀석이거든. 안나, 그거 알아? 햄스터는 쳇바퀴 안에서 뛰는 걸 안 좋아해. 가만히 앉아 있는 걸 좋아하지."

"나랑 비슷하네."

잠시 후, 티나가 영화의 스크린 샷을 띄운 컴퓨터 화면을 보이면서 물었다.

"안나, 이 영화 봤어?"

처음 보는 영화였다. 내가 고개를 가로젓자 티나는 능숙한

솜씨로 컴퓨터를 스크린으로 연결했다.

"내가 인터넷으로 이 영화 후기를 찾아봤는데 장난이 아니더라. 극장에서 영화를 보다가 무서워서 뛰쳐나갔다는 사람도 꽤 있었어."

이런 영화 후기를 웃으며 말하다니!

티나는 공포 영화를 전혀 무서워하지 않는 게 틀림없다. 공포 영화는 내가 이 세상에서 가장 싫어하는 것 중의 하나다. 그걸 보는 것만으로도 심장 박동이 평소보다 몇 배는 빨라진다. 그렇지만 내가 지금 입을 열면 앞으로 찾아올 수많은 기회들이 날아가 버릴 것만 같았다. 나는 영화를 보는 내내 손으로 눈을 가리고 있으면 된다고 스스로를 다독였다. 티나가 그런 내 마음을 읽었는지 몸을 내 쪽으로 돌리고 검은 눈동자로 나를 빤히 바라보았다.

"혹시 너, 공포 영화는 별로야? 그냥 주말 드라마나 볼까?"

지금은 내가 원하는 걸 말하기보다 침착하게 도전해야 할 때이다. 그렇지 않으면 다시는 초대받지 못할 거고, 예전처럼 주말마다 방에 틀어박혀 시간과 싸우며 지내야 한다. 나는 두 번 다시 외로운 주말을 보내고 싶지 않았다. 그래서 팝콘

한 주먹을 집어 먹으며 고개를 저었다.

"아니, 재미있을 것 같아. 영화 보자."

티나를 안심시키려고 한 말이지만, 사실은 나 스스로를 진정시킬 주문이 필요했다.

"영화 시작!"

티나는 옛날 사람처럼 말하고 나서 재생 버튼을 눌렀다.


영화는 처음부터 끝까지 지독히도 끔찍한 일들이 반복되어 일어났다. 두 시간 칠 분 동안 맥박은 엄청나게 빠른 속도로 뛰었다. 정신이 하나도 없었다. 지금 맥박을 재면 그룹 트레이닝을 한 타임 뛰고 왔다고 해도 믿을 것이다. 아니, 마라톤을 완주한 것만 같았다. 나는 영화를 보는 내내 손으로 얼굴을 가리거나 담요를 뒤집어썼다.

영화는 이상한 능력을 가진 한 소녀에 대한 이야기인데, 등장인물 중에서 그 누구도 소녀를 이해하지 못했다. 한번은 소녀가 소녀의 오빠와 함께 생일 파티에 초대된다. 오빠는 남들이 이상하게 여기는 소녀와 같이 가고 싶지 않았지만 어쩔 수 없이 같이 가게 된다. 한편 파티에서 땅콩을 먹은 소녀는 알레르기 증상을 보이며 경기를 일으킨다. 이를 보고 놀란 오빠는 소녀를 차에 억지로 태우고 병원으로 급히 데려간다. 병원으로 가는 동안, 소녀의 증세는 점점 더 악화되고 급기야 숨을 쉬지 못하는 지경에 이른다.

담요로 얼굴을 가리고 이 장면을 보던 나는 소녀처럼 숨이 쉬어지지 않는 것만 같았다.

소녀가 바깥공기를 마시려고 가까스로 차 창문을 열고 얼굴을 내밀자 갑자기 길 위에 나타난 동물의 사체에 놀란 오빠가 황급히 핸들을 옆으로 꺾었다. 그 뒤로는 위험천만한 사건이 연달아 일어났다. 나는 결국 가로등을 피하지 못한 차가 충돌하는 장면에서 소리를 빽 지르며 눈을 질끈 감아야 했다.

"아, 젠장!"

티나가 신경질적으로 내뱉은 소리였다. 티나는 나처럼 담요를 뒤집어쓰지 않았고, 손으로 얼굴을 가리지도 않았다.

티나는 두 눈을 크게 뜨고 모든 장면에 집중했다. 난 그런 티나를 가만히 바라보았다. 나는 온몸이 바들바들 떨리고 심장이 두방망이질을 치는데…… 어떻게 이런 장면을 보고도 꿈쩍을 안 하지? 나는 사람을 끌어당기는 매력과 강인한 정신력을 지닌 티나와 더 가까워지고 싶었다.

영화가 끝나고 티나는 내게 누군가를 좋아해 본 적이 있느냐고 물었다. 나는 초등학교 5학년 때, 학교 운동장 뒤에 있는 숲에서 가장 높은 나무를 타고 올라갔던 남자애를 떠올렸다. 그때는 아주 대단하다고 생각했다. 그날 심장이 평소와는 다른 방식으로 뛰었던 것도 기억이 났다. 초등학교 6학년 때, 내 앞에 앉은 남자애도 생각이 났다. 그 애는 거의 새것인 하트 모양 지우개를 내게 내밀면서 말했다.

"내 여동생 건데 받아. 걔는 이거 말고도 아주 많거든."

그때 열이 오른 듯이 내 얼굴이 아주 뜨거워져서 내 뺨이 어떤 색으로 변했을지 짐작할 수 있었다. 또 중학교 1학년 때, 학교 운동장에서 오렌지색 모자를 쓰고 있던 남자애도 떠올랐다. 그렇게 화려한 모자를 쓴 사람을 이전에는 본 적이 없었다. 추운 날, 학교 운동장에 서 있었는데 내가 내쉬는 숨이 그 애에게 가 닿을까 봐 패딩 점퍼의 지퍼를 턱 밑까지 쭉 올린 적도 있었다. 검은 모자들이 대부분인 운동장에서 오렌지색 모자가 보이면 몸이 점점 뜨거워졌다. 사실 나는 그 애를 잘 알지도 못했다. 나중에 어른들이 그 애가 쓴 오렌지색 모자를 쓰고 사냥하는 것을 본 적이 있다. 그런 강렬한 색은 눈에 띄기 쉬워서 사냥할 때나 쓴다고 했다. 숲에서는 눈에 잘 보여야 실수로라도 총에 맞을 일이 없으니 말이다. 알고 보면 그 애도 사람들의 시선을 모으고 싶어서 그 모자를 썼는지 모른다. 그런 의도로 오렌지색 모자를 썼다면 그 애는 성공했다. 내 눈에는 그 애만 보였으니까. 그러나 그 애는 나를 보지 못했다. 내가 패딩 점퍼를 입고 자신을 보고 있는 것조차 몰랐다. 누군가를 좋아한다면 인생에서 조금은 기억에 남을 만한 순간에 함께하고 싶은데…….

그래서 이 애들을 티나에게 말하지 않을 생각이다. 티나에게는 다른 남자애를 이야기할 거다. 줄무늬 스웨터를 입고, 이제는 아무도 차지 않는 아날로그 손목시계를 차던 애. 뒤통수와 목과 어깨를 바로 구분할 수 있을 정도로 내 눈에 각인된 애. 너무도 만져 보고 싶은 보드라운 머리카락을 가진 애. 그래서 내 손가락으로 그 애의 머리카락을 쓸어 넘길 때 부드러운 머리카락이 내 손가락 사이로 흐트러져 가는 것을 상상하곤 했다.

"그럼, 좋아한 적 있지. 좋아한 사람 많았어. 어렸을 때는 엄청 쉽게 빠졌던 것 같아. 쉬는 시간에 나무에만 올라가도 멋있다고 생각했으니까."

그 말을 하면서 내가 웃어 보였다. 티나도 웃었다.

"그러니까 어렸을 때는 금사빠였다는 거네?"

금사빠. 재밌는 단어다. 생각해 보면 딱 그랬던 것 같다.

"좀 더 나이를 먹은 다음에 좋아한 사람은 없어?"

티나가 손가락으로 머리카락을 배배 꼬아 가며 물었다.

난 숨을 크게 들이쉬었다. 아빠가 종종 말하는 '모든 것은 다 연결되어 있어'라는 말이 무슨 말인지 어렴풋이 이해되곤 했는데, 이제야 그 말을 완전히 이해했다. 언젠가 나는 티나에게 랄쉬에 대한 이야기를 털어놓을 것이다. 그것이 어떤 방법이든 간에. 그리고 세상 밖으로 그 이야기를 꺼내 놓아야 한다는 것도 알았다. 모든 것은 유기적으로 다 연결되어 있으니까. 지금, 이곳의 세계는 이 세계를 만들게 한 랄쉬와 죄다 이어져 있다. 티나는 모르는 나만의 규칙을 갖고 있는 것도, 내가 밤에는 절대로 메신저에 로그인하지 않는 이유도. 물론 티나는 숙제를 하느라 바빠서 메신저할 시간이 없는 거라고 넘겨짚을 테지만, 사실은 그런 게 아니었다. 다시 크게 숨을 들이쉬었다.

"랄쉬에 대해 이야기하고 싶어."

난 티나를 바라보며 말했다.

"근데 아주 조금만……."

나는 뒷말을 다 잇지 못하고 주저했다. 티나는 몸을 바르게 고쳐 앉고는 눈을 초롱초롱 빛내며 나를 보았다.

"내가 하는 말, 우리끼리만 아는 거라고 약속해 줘."

"슬루베트의 목숨을 걸고 약속해."

티나가 자못 결연하게 답했다. 햄스터는 쳇바퀴 안에서 천천히, 앞을 향해 다리를 움직였다.

"햄스터 집에서 일어난 일은 햄스터 집에서만 머문다."

티나가 가슴에 손을 얹고 크게 소리치는 바람에 깜짝 놀랐다.

"이제 랄쉬에 대해 들어 보자."

"응, 랄쉬와 초코우유에 대해 이야기해 줄게."

내가 말했다.

그날

랄쉬네 누나가 사탄 숭배자라는 소문이 학교에 쫙 퍼졌다. 그 애 누나가 우리보다 몇 살이 더 많은지 정확하게 기억나진 않는다. 확실한 건 졸업을 하지 않고 자퇴를 했다는 거다.

누나가 학교에 가길 힘들어서 어쩔 수 없었다고, 랄쉬가 누군가에게 말하는 걸 들은 적이 있다. 한번은 슈퍼에서 랄쉬가 누나와 같이 있는 것을 보았다. 그녀는 검은 머리카락을 길게 늘어뜨렸고 무릎 밑으로 내려오는 검은색 가죽 재킷을 입고 있었다. 피부는 창백해 보일 정도로 하얘서 꼭 밀가루로 분칠을 한 것 같았다. 다른 사람들처럼 밖에 나가서 햇볕을 쬐는 일이 전혀 없었던 걸까? 세상일에 아무런 관심이 없다는 듯 멍한 눈동자로, 사는 게 너무너무 지겹다는 표정을 짓고 있었다. 그녀는 야채 코너의 방울토마토 쪽을 서성이다가, 랄쉬가 돼지고기를 집어서 보여 주자 어깨를 살짝 들썩이고는 음료 코너로 가 버렸다. 난 선반들 사이로 난 틈으로 그 둘의 모습을 지켜보았다. 랄쉬와 함께 있으면서 지겹다는 표정을 짓고, 냉정하게 돌아설 수 있다는 게 도무지 이해가 되지 않았다.

랄쉬가 내게 저렇게 관심을 보인다면 난 세상을 다 가진 것 같은 기분이 들 텐데. 사탄 숭배자라서 그런가? 무서운 것에만 관심이 있어서? 나도 사람들이 랄쉬네 누나가 심령술을 시도했다가 미쳐 버렸다고 수군거리는 걸 들은 적이 있다. 그 이야기를 들은 날, 방과 후에 심령술을 검색해 보기도 했다. 심령술은 영혼이나 죽은 사람을 불러내서 그들과 대화를 나누는 것이다. 역시, 랄쉬네 누나는 사탄 숭배자가 맞는 걸까?

하루는 학교 식당에서 도시락을 먹으려는데 옆 테이블에 앉은 3학년 여자애 둘이 떠드는 소리가 들려왔다. 그중 한 명은 전교생 모두가 아는 패거리의 우두머리, 다들 조심하며 피해 가는 무리의 암사자 같은 존재, 크리스티네였다. 그날 크리스티네 앞에 앉은 애는 기억이 나지 않지만 크리스티네가 그애에게 한 말은 똑똑히 기억한다.

"랄쉬네 누나 얘기 들었어?"

크리스티네 앞에 앉아 있던 애가 고개를 끄덕였다.

"세상에, 심령술을 써서 죽은 사람들을 불러냈대."

크리스티네의 말에 그 애가 맞장구를 쳤다.

"그래, 돌아가신 할머니를 부르려고 한 거였다더라."

"천만다행이지! 걔네 엄마가 촛불이 켜져 있는 거실 바닥에 몸을 부들부들 떨면서 누워 있는 걸 발견했대. 할머니 이름을 부르고 있었다더라. 아휴, 소름 끼쳐!"

둘은 날카롭고 께름칙한 소리로 웃었다. 기괴한 이야기로 깔깔거리는 둘의 웃음소리는 만화 영화에 나오는 마녀의 주문을 떠오르게 했다.

"어쨌거나 그 뒤로 미쳐 버렸대. 하기야 집으로 죽은 사람들을 불러냈으니 그럴 만도 하지."

크리스티네가 호들갑스럽게 무서워 죽겠다는 표정을 지었다.

나는 잼이 발린 식빵을 만지작거리면서 그 애들이 하는 이야기에 귀를 기울였다. 나만 그랬던 건 아니다. 크리스티네의 목소리가 얼마나 컸던지 식당 안의 애들이 모두 크리스티네의 다음 말을 기다렸다. 나는 랄쉬가 어디에 있는지 눈으로 찾았다. 그 애들이 한창 떠들어 대고 있는 랄쉬 말이다. 이윽고 계산대에 줄 서 있는 랄쉬가 보였다. 500미터나 떨어진 곳에서도, 아니, 아무리 어두운 곳에서라도 나는 랄쉬의 뒷모습을 바로 알 수 있었다. 나는 랄쉬가 걱정됐다. 사람들로 붐비는 식당 안에서 자기 누나가 미쳤다는 이야기를 누군가가 신나게 떠들고 있다는 걸 알게 되면 어떤 기분이 들까? 랄쉬는 괜찮을까? 그런데 만약, 정말로 죽은 사람과 이야기해 볼 수 있다면 아주 흥미진진할 것 같다. 살아 있는 사람과 이야기를 나누는 것보다 죽은 사람과 이야기를 나누는 편이 더 쉬울지도 모르니까.

내가 그런 생각을 하고 있을 때였다.


"안녕, 랄쉬!"

크리스티네가 랄쉬를 불렀다. 랄쉬는 한 손에 초코우유를 들고 있었다.

"너네 누나가 죽은 할머니랑 이야기를 나눈 뒤에 완전히 미쳐서 학교를 그만뒀다는 게 사실이야?"

이쪽으로 걸어오면서 초코우유를 마시던 랄쉬가 설음을 멈추었다. 걸음만 멈춘 건 아니었다. 숨을 쉬는 것도, 우유를 마시는 것도 완전히 잊은 듯했다. 랄쉬는 그러고 있다가 입안에 있던 초코우유를 엄청난 속도로 크리스티네를 향해 뿜어냈다. 그 순간 난 숨을 멈추었다. 곧이어 랄쉬가 초코우유갑을 있는 힘껏 찌그러뜨렸다. 안에 남아 있던 초코우유가 밖으로 튀어나와 크리스티네가 가지런히 바른 눈썹 위의 마스카라를 엉망으로 만들었다.

"제정신이야!"

크리스티네가 소리 질렀다.

얼굴이 초코우유로 범벅이 된 크리스티네를 식당 안의 모두가 돌아봤다. 크리스티네의 하늘색 셔츠 위로 초코우유 방울이 툭툭 떨어졌다. 그러거나 말거나 랄쉬는 몸을 돌려 어깨를 펴고, 이 모든 상황을 지켜보던 영양사 선생님이 있는 쪽으로 저벅저벅 걸어갔다.

"부모님께 연락이 갈 거다. 알겠지, 랄쉬?"

영양사 선생님이 엄하게 꾸짖듯이 말했다.

"상관없어요."

랄쉬는 아무렇지 않다는 듯이 대답하고 식당 밖으로 나가 버렸다.

크리스티네는 얼굴에 묻은 초코우유를 닦으며 방금 무슨

일이 일어났는지 모르겠다는 표정을 지었다.

그제야 나는 다시 숨을 쉴 수 있었다.

"초코우유 사건으로 랄쉬를 좋아하게 된 거야?"

티나가 물었다.

"어떤 면에서는 맞고, 어떤 면에서는 아니야. 아마도 그 애가 다른 애들하고 달라서 좋았던 것 같아."

"다른 애들이랑 다르게 제멋대로 굴어서 멋있었다는 거야?"

누가 배를 발로 힘껏 찬 것 같은 느낌이 들었다. 그랬다. 나는 랄쉬가 멋있었다. 남을 의식하지 않고 하고 싶은 대로 행동하는 게 늘 멋있어 보였다. 물론 그게 다는 아니었지만⋯⋯. 아직은 티나에게 다 말할 수 없다.

"어떡하니, 우리 학교 남자애들은 너무 멋이 없어서 탈인데. 머릿속이 축구로 가득 차서 하루 종일 공만 차거나 이 세상에는 수학밖에 없다고 믿는 범생이뿐이거든. 그 중간은 거의 없어."

나는 티나가 화제를 돌려 줘서 고마웠다.

"하지만 공포 영화를 볼 때, 널 안심시켜 줄 공포 영화광 남자애라면 괜찮지 않을까?"

티나는 웃었다. 티나는 평소에도 자주 웃는 편이다.

"기도해 보자!"

티나의 눈빛이 다시 반짝였다. 아직 안심해서는 안 된다. 티나는 내 이야기를 계속 들을 참이다.

"그래서 랄쉬랑 어떻게 됐어? 그 애도 널 좋아하게 됐어?"

티나의 물음에 내 가슴은 타는 것처럼 뜨거워졌다. 언젠가는 이 질문에 답을 해야겠지만 지금은 아니다. 아직은 그 일에 대해 말할 자신이 없다.

"조금 복잡해."

내 대답에 티나는 실망한 듯한 표정을 지었다.

티나, 조금만 기다려. 모두 다 이야기해 줄게.

나는 마음속으로만 웅얼거렸다.

그날도 랄쉬는 나를 향해 몸을 돌렸다. 이번에는 과학 문제를 물어보려는 것이 아니다. 랄쉬는 크게 숨을 쉬었고, 나는 그 애의 가슴이 움직이는 것을 보았다. 랄쉬가 살짝 뜸을 들이고 나서 내게 물었다.

"너, 스냅챗스마트폰으로 사진이나 영상을 전송할 수 있는 사회관계 망서비스 아이디가 뭐야?"

나는 랄쉬가 왜 내 스냅챗 아이디를 알고 싶어 하는지 궁금했다. 내 스냅챗에는 이웃집 개 사진과 개가 그려진 담요를 뒤집어쓴 내 셀카밖에 없는데.

그러다 문득 랄쉬와 조금 친해지면 어떨지, 그 애 뒷모습만 바라보는 것 말고 조금 더 가까이에서 보면 어떨지 궁금했다. 휴대전화 화면을 손가락으로 눌러 그 애를 보는 것, 그 애랑 소꿉친구처럼 지내면 어떨지 말이다. 그럼 이제 강아지 사진은 그만 찍어야 할까?

"강아지 좋아해?"

이렇게 묻는 랄쉬의 이마에 주름이 졌다.

"아이디가 개가 좋다는 뜻 아니야? 재미있네! 네 스냅챗 코드를 스캔하면 되겠지?"

랄쉬가 가방에서 휴대전화를 꺼내면서 말했다. 평소에는

느껴 보지 못한 어떤 큰 힘이 배 속으로 쑥 들어와 내 안의 모든 것을 빨아 가는 것 같았다.

"여기."

랄쉬에게 휴대전화 화면을 보여 주었다.

랄쉬가 나를 친구로 추가하고 만족한 듯 입술을 적시면서 나를 보았다.

"됐다. 나도 개 좋아해."

그러고는 잠시 가만히 있다가 다시 입을 뗐다.

"특히 너 같이 생긴 개."

선생님이 진공 상태에서 빛의 속도를 계산하는 법을 설명하기 바로 전, 그 애가 내게 속삭였다. 내 심장이 혈액을 펌프질하는 속도는 그 빛의 속도보다 빠르게 뛰었다. 이 심장 속도를 잴 수 있는 과학자가 세상에 있을까?

◆
◆
◆

점심시간, 티나와 나는 식당에서 줄을 서 있었다. 티나는 햄과 고기는 올리지 않고 치즈만 한 장 집었다. 죽은 동물은 최대한 적게 먹고 싶다고 읊조렸다. 나는 바게트 샌드위치를 골라 후추랑 소금이랑 다른 양념을 듬뿍 뿌린 다음, 전자레인지에 넣고 따듯하게 데웠다.

"이걸로 용돈을 벌 수 있어."

깊은 생각에 잠긴 채 전자레인지 안에서 바게트 샌드위치가 돌아가는 모습을 바라보던 티나가 불쑥 말했다.

"전자레인지에 음식을 데우는 걸로?"

돈 많은 어른들은 전자레인지에 음식을 데워 먹는 걸 모르나? 그래서 용돈을 벌 수 있다고 하는 걸까?

나는 가끔 티나가 하는 말이 잘 이해되지 않는다.

"하긴, 넌 생소할지도 모르겠다. 안나, 노르웨이 말고 다른 나라에선 이걸 특별한 의식으로 여기는 사람들이 있어."

티나가 무슨 말을 하는지 도통 모르겠다. 전자레인지 타이머가 앞으로 삼십 초 남았다. 티나는 어떤 대단한 발견을 한 것 같은 투로 말했다. 나에게 아주 흥미로운 이야기를 해 줄 생각에 흥분이 될 법도 한데, 그 애는 평소처럼 자기 템포에 맞춰 말을 이어 갔다. 조급한 건 되레 나였다. 마침 전자레인지가 띵 소리를 내며 멈췄다. 우리는 각자 먹을 것을 챙겨 들고 금발의 여자애에게 눈을 떼지 못하는 남자애들로부터 멀리 떨어진 자리에 앉았다.

"일본에 사는 사람들은 혼자 보내는 시간이 많대. 할 일이 너무 많아서 일 말고는 개인적으로 다른 걸 할 시간이 없다는 거야. 시간을 쪼개서 살아가니까. 가족이나 친구랑 시간을 맞춰 식사하는 것보다 혼자 먹는 사람이 많아서 '혼밥족'이란 말도 생겼다더라."

"그런데?"

난 바게트 샌드위치 안에서 녹아내린 치즈를 한 입 먹으면서 물었다.

"실은 그 혼밥족들도 혼자서 먹고 싶지 않은 거야. 다른 사람들하고 함께 보낼 시간을 낼 수가 없어서 어쩔 수 없이 혼자 먹는 거지."

"그러니까 혼자이고 싶지 않은 사람들을 상대로 어떻게 돈을 벌겠다는 건데?"

"그게 말이지, 카메라로 먹는 걸 촬영해서 올리는 앱이랑 웹사이트가 있거든. 지구 반대편에 사는 외로운 일본인이 이 사이트에 들어와서 볼 수 있도록. 혼자 밥을 먹는 게 아니라 모니터 안의 누군가와 함께 식사를 하는 기분이 들게 말이야."

정말, 세상에 별게 다. 티나의 말에 어이가 없었지만 가만히 듣고만 있었다.

"안나, 날 못 믿겠다는 표정인데?"

예리한 눈빛으로 티나가 물었다.

"그냥…… 그게 가능한가 싶어서."

"안나, 이걸로 돈을 벌 수 있다니까. 그럼 먹고 싶은 걸 언제든 사 먹을 수 있어. 간혹 기분 나쁜 일이 생길 수도 있지만, 그럴 때는 마시던 초코우유나 콜라를 뿜어 버리면 돼."

티나의 말에 내가 피식 웃으며 물었다.

"그래서 네가 생각하는 게 뭔데?"

"네 프로필을 누군가가 클릭하고 널 볼 때마다 돈을 받는 거야."

나는 숨이 가빠졌다. 인터넷 세상 속, 모르는 사람들 사이에 내가 있다면……. 모니터 화면 안쪽 벽에는 일본어로 '안나는 창녀'라고 적혀 있고, 그 위에 각종 음료수가 뿌려져 있을지도 모른다. 하지만 벽에 뭐라고 쓰여 있는지 모르는 나는 이 세상에서 가장 고독한 일본인 앞에서 늘 먹던 대로 잼이 발린 빵을 우적우적 먹는다. 그 모습을 상상하는 것만으로도 온몸이 화끈거렸다. 강한 태양열에 피부를 데었을 때처럼 말이다. 나는 얼른 양손으로 양팔을 쓰다듬었다. 온몸이 덴 것 같은 느낌만 드는 건지 실제로 덴 건지 확인하고 싶었다. 물론 아무 일도 일어나지는 않았다. 그럼에도 내 사진이 지구 반대편에 있는 사람들에게 뿌려질 생각이 들자 식당 벽이 좁아져 점점 내게로 다가오는 것 같았다. 이렇게 커다란 식당이 꽉 막힌 옷장으로 변해 날 가둬 버리려고 한다. 빨리 이곳에서 나가야 한다. 지금 당장 이곳에서 벗어나야 한다.

나는 자리에서 벌떡 일어났다. 순간 현기증이 나서 손에 들고 있던 바게트 샌드위치를 툭 떨어뜨렸다.

"난 안 될 것 같아."

떨리는 목소리를 감추려고 티나에게 쏘아붙이듯이 말했다. 그러고는 서둘러 식당에서 빠져나왔다. 뒤에서 티나가 내 이름을 부르는 소리가 들렸지만 돌아보지 않았다. 한시라도 빨리 식당 밖으로 나가야만 했다.


오후에는 할머니가 일터로 나를 불렀다. 할머니는 속옷 가게에서 일하는데, 내가 기억하는 한 아주 오래전부터 그 가게에서 일하고 있다. 할머니는 속옷에 관해 그 누구보다 전문가다. 내가 어렸을 때, 할머니가 일하는 가게에 놀러 가면 할머니는 근처 카페에서 초콜릿 크림이 잔뜩 발린 케이크를 사 줬다. 내가 케이크를 먹는 동안에는 주변에 있는 여성들을 둘러봤다. 간혹 아는 사람과 눈이 마주치면 눈인사를 주고받았다. 할머니는 사람들을 구경하다가 조용히 내게 속삭이곤 했다.

"브래지어 사이즈가 틀렸어. 딱 보면 알 수 있어."

오늘 저녁은 어묵이 들어간 할머니표 카레다. 내가 제일 좋아하는 메뉴다. 여기에 베이컨까지 추가하면 세상 그 어떤 것도 부럽지 않다. 난 너무 좋아서 주인에게 뼈다귀를 받은 개가 꼬리를 흔드는 것처럼 팔딱팔딱 뛰었다. 할머니와 같이 감자 껍질을 벗기면서 할머니가 이번 주말에 친구와 따뜻한 남쪽 나라로 휴가를 떠날 거란 이야기를 들었다.

"휴가를 갈 생각만으로도 너무 좋구나. 안나, 그동안 나는 일을 너무 많이 했어. 요즘 들어 야근도 잦았고."

할머니 말에 난 고개를 끄덕였다.

"안나, 가게에서 일할 때 최악이 뭔지 아니?"

할머니가 나를 보고 물었지만 내 답을 기다리는 질문은 아니었다.

"최악은 말이야, 가게 문 닫기 오 분 전, 이제 막 정산을 하려는데 손님이 들어올 때야. 난 물론 '무엇을 도와드릴까요?'라고 친절하게 인사해. 그러면 그들은 뭐라고 답하는지 알아?"

나는 고개를 저었다.

"'아, 그냥 둘러보려고요'라고 해. 정말 미치고 팔짝 뛰게 하는 말이지. 문 닫기 전 오 분 동안 뭘 둘러본단 말이야! 대체 왜 그러는 건데? 오 분만 더 일찍 오면 안 되나? 더 화가 나는 건 그렇게 들어온 사람들은 아무것도 사지 않아. 그들 말마따나 '그냥 둘러볼' 뿐이지. 그럼 내가 그 사람들이 가게

안을 둘러보고 있는 동안 정산하고 집에 갈 준비를 할 수 있을까?"

난 다시 고개를 가로저었다.

"그래, 아니란 말이야. 내가 너한테 꼭 충고하고 싶은 게 있는데, 서서 하는 일은 찾지 마라. 정말 쉬운 일이 아니야."

"저도 그런 일을 하고 싶은 마음이 아주 강하다고는 말할 수 없어요."

"그래, 하지 마. 아니, 안 돼! 여하튼 지금은 주말에 휴가를 떠날 생각만으로도 너무 좋아."

할머니가 냄비에서 어묵 하나를 꺼내 간을 보며 말했다. 그 모습에 나도 얼른 어묵을 하나 꺼내 입에 넣었다.

"맛있어요! 완벽해요!"

할머니가 빙그레 웃으며 고개를 끄덕였다. 하지만 할머니는 이 맛있는 카레에 별 관심이 없어 보였다. 할머니의 머릿속은 이번 주말에 따뜻한 나라로 휴가를 떠날 설렘으로 가득 차 있었다.

마침내 우리는 카레가 올려진 식탁에 마주 앉았다. 내가 카레를 한 입 떴을 때 할머니는 휴가로 집을 비운 사이에 집 안의 화분에 물을 주러 와 줄 수 있는지 물었다. 혹시 비가

와서 우편물이 젖을까 걱정된다면서 우편물 관리도 부탁했다. 나는 할머니의 부탁을 흔쾌히 받아들였다. 할머니가 휴가를 떠난 동안 내가 바쁠 일은 없었다. 오히려 시간은 차고 넘쳐서 문제였다.

"잘됐어!"

할머니는 집을 돌봐 주는 심부름값으로 200크로네를 주겠다고 약속했다. 200크로네면 학교 식당에서 바게트 샌드위치를 네 번이나 사 먹을 수 있다. 화분에 물 좀 주고 우편물을 챙기는 심부름값으로는 후하다고 생각했다. 나는 괜찮다고 거절했지만, 할머니는 한사코 지갑에서 돈을 꺼냈다.


할머니는 평소보다 저녁을 적게 먹고 숟가락을 내려놓았다. 휴가를 갈 생각만으로도 배가 부른 모양이다. 그러더니 태블릿 피시를 꺼내 와 여행지에서 묵을 호텔 사진을 보여 주었다. 할머니는 매니큐어를 바른 손톱을 조심하면서 화면을 앞으로 뒤로 넘겼다. 호텔 방 발코니에서 보이는 전망과 수영장, 호텔에서 걸어갈 수 있는 주변의 작은 마을 사진도 보여 주었다. 모든 사진이 따사로워 보였다. 꽃들은 알록달록하고, 바다는 파랗고, 태양은 검붉었다. 사진을 보고 있자니 나도 덩달아 기분이 들떴다.

"안나야, 정말 멋지지 않니?"

나는 고개를 끄덕였다. 나는 곡예사처럼 몸을 웅크려 할머니 여행 가방 안에 들어가고 싶었다. 인터넷으로 음식 먹는 영상을 내보내자는 티나의 제안에서 달아나 여행을 떠나고 싶었다. 티나에게 식당에서 도망친 이유를 말해야 하는데 어떻게 이야기를 꺼내야 할지 모르겠다. 지금은 할머니와 발코니에 앉아 오렌지를 짜서 주스로 마시고 싶다. 아무 일도 일어나지 않았던 것처럼. 그런 일은 없었고, 앞으로도 일어나지 않을 일처럼.

"너무 근사해요, 할머니."

난 크게 부풀어 오른 부러움을 어묵과 함께 목으로 삼키며 말했다.

한밤중이다. 나는 컴퓨터 앞에 앉아 있다. 모니터 화면에서 나오는 파란빛이 어두운 방을 비춘다. 화면에 한 젊은 남자의 사진이 뜬다. 가까이 다가가 사진을 바라본다. 내 코가 모니터 화면 앞에서 겨우 1밀리미터 떨어져 있다. 그렇게 가까이 다가가지 않아도 나는 화면에 뜬 사진을 볼 수 있다.

화면 속의 남자도 내 사진을 보고 있다. 남자에게 보이는 건 모니터 화면 앞에 앉아 있는 나다. 남자가 몸을 돌려 어떤 사진을 하나 꺼내 보이고 나를 똑바로 바라보면서 묻는다.

"너, 이 사진 봤어?"


화들짝 놀라 잠에서 깼다. 배 속에서 뭔가가 느껴진다. 거북한 기분에 아침을 먹고 싶은 마음이 싹 가셨다. 양치질을 하러 욕실로 들어가면서 앞으로 어떻게 행동해야 할지 생각해 봤다. 양치질을 하는 동안에도 배 속을 꽉 묶고 있는 듯한 이것을 어떻게 풀어야 할지 내내 생각했다. 그리고 칫솔이 앞으로 뒤로 왔다 갔다 하는 동안 방법을 추렸다.

1. 아무 일도 없었던 것처럼 행동하기

   (티나가 말한 앱에 대해 언급하지 않을 것!)

2. 앱에 대해 먼저 이야기를 꺼내기

   (다시 생각해 보니 좋은 생각 같다고 칭찬할 것!)

3. 넓디넓은 식당이 옷장처럼 쪼그라져 버린 것 같은

   느낌이 든 이유를 솔직하게 말하기

첫 번째 방법이 제일 쉬울 것 같다. 평소처럼 겉옷을 입고 책가방을 메고, 미리 연습해 둔 웃음 띤 얼굴을 장착하고 학교로 가는 거다. 학교에 도착한 뒤에는 어제와 다름없는 오늘이 시작되길 기도하며 교실 안에서 자리를 찾아야지.

두 번째 방법은 배 속의 엉켜진 덩어리를 어느 정도 풀어낼 수는 있겠지만 심장은 마구 빠르게 뛸 것이다. 그러나 세 번째 방법을 선택한다면, 진실을 말해야 한다면 더 많은 것들을 말해야 한다. 물론 언젠가는 해야 할 일이지만……. 그날이 얼마나 빨리 오게 될까? 티나는 내게 있었던 일을 알고 싶어 할까? 티나가 알게 된다면 나를 어떻게 볼까? 이전과는 전혀 다른 시선으로 나를 보게 될까? 내가 그 애라면 어떨까? 모든 것이 달라졌으니 다시 시작해야 할까?

양치질을 하는 동안 숱한 질문들이 떠올랐다. 처음에 생각한 두 가지 방법으로 간다면 내 마음을 꽁꽁 숨겨 놓아야 한다. 아무 일 없는 척하고, 티나가 말한 앱이 재밌을 것 같다고 들뜬 척해야 한다. 아무렇지 않은 척, 재미있는 척하는 건 쉬운 방법이지만 생각만큼 오래가지 않는다. 그렇지만 세 번째는 솔직히 두렵다. 진실을 말하는 건 많이 두렵다.

생각해 보면 내가 즐겨 먹는 바게트 샌드위치를 사는데 다른 사람이 돈을 내준다는 건 괜찮은 일이다. 혼자 밥 먹기 외로운 일본인이 기꺼이 사 준다는데 그러라고 하지 뭐. 교실 문을 열고 들어가자 시커멓게 눈 화장을 한 티나가 나를 정면으로 바라보았다. 나는 손을 살짝 흔들어 보이고는 티나 옆에 앉았다. 티나는 어제 내가 허둥지둥 식당에서 빠져나간 이유를 도무지 알 수 없다는 표정으로 내가 무슨 말이든 해 주기를 기다렸다.

"어제 너, 화가 났던 거야?"

티나가 물었다. 걱정보다는 호기심이 어린 말투다. 나는 그 애의 물음에 얼굴이 달아오르는 게 느껴졌다. 이제는 티나가 화를 낼 차례인가? 식당에서 바게트 샌드위치를 먹다 말고 다짜고짜 이성을 잃은 듯 쏘아붙이고 나갔으니 꽤나 황당했겠지. 티나가 벌게졌다가 점점 사색이 되어 가는 내 얼굴을 보고는 서둘러 말했다.

"아니…… 네가 식당에서 나가 버려서 좀 당황했어. 나는 너랑 같이 재밌는 일을 해 보면 어떨까 싶었던 거야. 뭣보다 너도 좋아할 것 같았거든."

"나도 재미있는 건 너랑 같이하고 싶어."

난 기어드는 목소리로 웅얼거렸다. 내 말을 알아들었는지 티나가 고개를 끄덕였다.

"근데 안나, 왜 속삭이는 거야?"

"이제 수업이 시작될 시간이라서."

때마침 수업 종이 울렸다.

"좋아, 외로운 아시아인들에 대한 이야기는 나중에 다시 하자."

티나가 속삭였다. 난 티나에게 엄지손가락을 올려 보였다. 내 배 속의 덩어리는 당장에 엄지손가락을 내리라고 다그쳤다. 머릿속에서는 재미있는 게 가끔은 위험한 일이 될 수도 있다고 크게 소리쳤다.

◆
◆
◆

# 그
# 날

스냅챗 아이디를 알게 된 뒤로, 랄쉬와 나는 수시로 문자를 주고받았다. 수신함에 들어온 문자를 다 읽을 새도 없이 또 다른 문자가 왔다. 그렇게 여러 날이 지났다. 나는 그 애의 부모가 이혼을 한 것과 앞니가 다른 이보다 긴 게 유전이라는 것을 알게 되었다. 스파게티를 제일 좋아하고 꼭 읽어야 하지 않으면 책을 읽지 않는다는 것을 알았다. 나중에 어른이 돼서 뭐가 될지 아직은 잘 모르지만 군인이나 경찰처럼 제복을 입고 단단한 근육이 돋보이는 일을 하고 싶어 한다는 것도. 랄쉬가 제복 입는 일을 하고 싶다고 했을 때, 네가 나를 지켜 주면 좋겠다는 말을 하고 싶었지만 바보같이 들릴까 봐 그만두었다. 대체 누구로부터 나를 지켜 달란 말인지! 금발 머리 여자애들로부터? 내가 수업 시간에 질문을 받고 '음, 네?'라고 얼버무리면 나를 째려보는 선생님으로부터? 그런 사람들로부터 랄쉬가 나를 지켜 줄 수 있을까? 정말로 그런 이야기를 나눴더라면, 나는 너로부터 나를 지켜 달라고 부탁했을지도 모른다. 물론 그때는 내게 무슨 일이 일어날지 알기 전이었지만……

랄쉬가 누나와 슈퍼에 가는 길에 찍은 사진을 보내왔다. 사진 속의 랄쉬는 이마 위로 록 앤드 롤 가수들이 주로 하는 손가락 제스처를 취하고 있었다. 사진 한쪽으로 누나가 보였다. 사탄 숭배자일지도 모르는 그녀는 사진에 찍히길 원하지 않았을지도 모른다. 사진을 찍히면 영혼이 사진과 함께 얼어 버릴 거라고 생각했을 수도 있으니까.

나는 웃는 얼굴 이모티콘과 함께 '뱀파이어가 그런 식으로 인사하지 않았나?'라고 답했다. 곧이어 랄쉬가 드라큘라 이모티콘을 보내왔다. 그다음 사진은 블러드 푸딩 동물 피를 굳혀 만든 서양식 소시지. 우리나라의 선지와 비슷하다이다. 싱크대 위로 냉동 피자 상자도 보였다. 이어서 '누나와 먹는 패스트푸드'라는 문자가 도착했다. 나는 답 문자로 웃는 얼굴 이모티콘만 보냈다. 그러다 슈퍼에서 랄쉬와 그 애의 누나를 본 날을 생각했다. 그날 그녀의 발걸음이 얼마나 무겁고 지겨워 보이던지, 바닥마저 그녀에게 미안해하는 것처럼 보였다. 랄쉬가 사진을 한 장 더 보내왔다. 휴대전화로 누나의 뒷모습을 몰래 찍은 모양이다. 이제는 누나와 밥을 먹을 거라고 한다. 피로 만든 푸딩과 냉동 피자로.

그날로부터 조금 더 시간이 흐르고, 랄쉬가 동영상 링크를 보내왔다. 처음 보는 가수였다. 스웨덴 출신 가수인데, 곱슬머리에 검정 눈동자가 꽤 멋있어 보였다. 랄쉬는 가수의 노래를 꼭 들어 보라고, 자신이 들어 본 노래 중 최고라고 덧붙였다. 나는 당장에 재생 버튼을 눌렀다.

그건 내 동생이 듣는 노래와는 차원이 달랐다. 스웨덴 가수는 바로 내 앞에 서서 내 눈을 들여다보며 나만을 위해 노래를 부르는 것 같았다. 마치 우리가 같은 공간에 있는 것처럼 느껴졌다.


*그래요, 당신이 나를 원한다면 나는 당신의 것.*
*내 손 위에 당신의 손을 올려요.*


그 가사를 듣는 순간, 숨이 턱 막혀 버렸다. 나는 내 호흡이 얼마나 무겁고 밖으로 내보내기 어려운지 실감했다.

심장이 둥둥거리며 뛰고 몸 곳곳에서 뜨거운 열기가 올라왔다. 내 몸에서 그렇게 많은 일이 한꺼번에 일어난 것은 처음이었다. 호흡이 무거워지고, 심장 박동이 빨라지고, 뺨은 뜨거워졌다. 눈에서는 빛이 나고, 배 속에서는 어디서 비롯된 것인지도 모를 천둥이 쳤다. 이런 게 바로 사랑에 빠졌다는 걸까? 다른 사람들은 이런 상황을 어떻게 견디는 거지? 온몸을 제각기 다른 박자와 강도로 마구 흔들어 대는데!

난 휴대전화를 한쪽으로 내려놓았다. 휴대전화도 내 뺨만큼이나 뜨거워졌다. 가수 목소리에서 전해 오는 온기 때문인가? 책상 위에는 내가 좋아하는 것들이 놓여 있다. 내가 내동생 샐리를 처음으로 안았을 때의 사진, 할머니에게 물려받은 은과 진주 구슬이 달린 장식품, 그리고 분홍색 코르크가 달린 작은 사각형 병. 이 병에는 하늘 높이 훌쩍 뛰고 있는 분홍색 고양이 그림이 붙어 있다. 예전에 엄마가 출장 갔다가 선물로 사 온 향수다. 난 손목에 향수를 뿌리고 양쪽 귀 뒤에 문질렀다. 엄마가 가르쳐 준 방법이다. 랄쉬가 내 체취를 맡는다면 이 향이고 싶었다.

요리 실습수업이 있는 날이었다. 우리 반 애들 거의 모두가 실습실 앞 복도에 서 있었다. 남자애들은 잠시도 가만있지 못하는 걸까! 서로를 밀고 당기며 누구의 근육량이 더 많은지 확인했다. 난 그 애들로부터 멀찍이 떨어져 있었다. 남자애들의 땀 냄새와 샴푸 냄새와 머리 왁스 냄새가 뒤섞인 퀴퀴한 냄새가 코를 찔렀다. 그 와중에도 나는 랄쉬의 냄새를 찾고 있었다. 아쉽게도 그 애의 냄새는 찾을 수 없었다. 멀리서 선생님이 걸어오고 그 옆으로 랄쉬가 붙어 왔다. 남자애들 몇몇이 랄쉬를 돌아보며 도무지 이해할 수 없다는 표정을 지었다. 평소 랄쉬는 어른들과 꼭 필요한 말만 나누는 애였기 때문이다. 실습실 문이 열리자, 문 앞에서 서로 엉켜 붙어 있던 남자애들이 서로 좋은 자리를 차지하려고 앞을 다투며 실습실 안으로 들어갔다.

"여기 와서 앉아! 여기 자리 있어!"

남자애들이 서로 이름을 부르며 야단법석이다. 반면 여자애들은 뭐가 그렇게 급한지 모르겠다는 듯이 유유하게 실습실 안으로 들어갔다.

"라자냐를 만들고 싶어요!"

안드레아스라는 남자애가 외쳤다.

"안 돼. 라자냐 맛없어. 햄버거 어때요?"

이어서 이삭이 소리쳤다.

나는 제일 뒤쪽으로 가 앉았다. 그곳에는 노라와 엘리아스가 먼저 자리를 잡고 앉아 있었다.

잠시 후 선생님과 앞에 서 있던 랄쉬가 선생님에게 귓속말을 했다. 그러자 선생님이 고개를 끄덕였다.

"자, 오늘은 라자냐나 햄버거, 피자나 타코 같은 금요일 메뉴는 안 돼. 아직 수요일밖에 안 됐다고."

애들의 볼멘소리가 실습실 여기저기에서 크게 울렸다.

"그만! 그런 게 아니더라도 오늘은 맛있는 걸 만들 테니까. 다들 오늘이 랄쉬 생일이란 건 알고 있지? 오늘은 랄쉬의 생일 케이크를 만들 거야."

선생님의 말인즉슨 오늘은 평소보다 설탕을 많이 먹게 될 거란 의미다. 실습실 안은 다시 환호성으로 가득 찼다. 곧 선생님이 장난기 어린 미소를 지으며 덧붙였다.

"한 가지 더 흥미로운 규칙이 있어. 모둠마다 각각 다른 종류의 케이크를 만들어야 해. 맛 평가는 오늘의 주인공 랄쉬가 할 거야."

그 말에 요란스러웠던 환호성이 뚝 그쳤다. 곧 어떤 케이크를 만들지 고민하고 논의하는 소리가 실습실 안을 가득 채웠다.

"초콜릿 케이크는 우리!"

머리를 왁스로 떡칠한 남자애들 테이블에서 먼저 외쳤다.

나는 우리 모둠의 다른 두 명을 바라보았다. 노라는 초조한지 손톱을 물어뜯고, 엘리아스는 초콜릿 케이크를 빼앗긴 것을 억울해했다. 그때 머릿속으로 좋은 생각이 떠올랐다. 세상에서 제일 간단한 우리 엄마표 생일 케이크.

"우리 사워크림 있지? 좋은 아이디어가 떠올랐어!"


나는 그 어느 때보다 진지하게 반죽을 갰다. 이 케이크를 만들자는 제안도, 레시피도 모두 내가 낸 것이다. 노라와 엘리아스가 납득할 만한 맛을 내야 했다. 엄마는 누군가의 생일 때마다 이 케이크를 만들곤 했다. 레시피도 얼마나 간단한지, 모든 재료를 3으로 넣기만 하면 된다. 밀가루 3데시리터, 사워크림 3데시리터, 계란 3개와 베이킹파우더 3티스푼. 마지막으로 완성된 케이크 위에 가루 설탕을 솔솔 뿌리면 끝이다. 이보다 더 간단할 수가 없다.

케이크 재료의 달콤한 냄새와 평소 내가 좋아하던 냄새가 섞이면서 기분이 좋아졌다.

"케이크 맛있겠다!"

그때 문득 랄쉬의 목소리가 들려왔다. 나는 그제야 랄쉬가 나와 반 미터도 떨어지지 않은 곳에 있다는 걸 깨달았다.

내 동생의 장난감 기찻길 위에 놓인 자석 기차처럼, 랄쉬가 나에게 점점 더 가까이 다가오고 있었다. 목 뒤가 뜨겁다고 느낀 순간, 그 애는 바로 내 뒤에 서 있었다.

"당연하지."

내가 웃으며 대답했다.

"내가 좋아할 것 같아?"

"그랬으면 좋겠어."

랄쉬가 소리 내어 웃었다. 그 순간 나는 그 애의 웃음소리를 휴대전화로 녹음하여 알람으로 썼으면 좋겠다고 생각했다. 그럴 수만 있다면 매일 아침 기분 좋게 일어날 수 있을 테니까. 그 애의 매력적인 앞니를 떠올리며 하루를 시작할 수 있다니, 그보다 더 좋은 시작이 어디 있겠는가?

"맛있게 만들어 줘."

랄쉬가 활짝 웃고는 내게 속삭였다.

나는 내 가슴이 뛰는 만큼이나 빠른 속도로 반죽을 휘저었다. 반죽에서 거품이 일더니 점점 더 크게 부풀어 올랐다. 이제 곧 내가 만든 케이크를 랄쉬가 맛볼 것이다.


요리 실습실은 초콜릿과 바닐라 파우더, 설탕과 버터를 녹인 냄새로 가득 찼다. 랄쉬는 요리 프로그램의 심사위원처럼 날카로운 눈빛을 하고 각각의 모둠을 돌아다니며 반 애들이 만든 케이크를 살펴보았다.

반 애들은 모두 하나같이 뒷짐을 지고 자기 모둠에서 만든 케이크 옆에 서서 심사를 기다렸다. 랄쉬가 심사할 케이크는 접시에 덜어 각 모둠 테이블 한가운데에 포크와 함께 놓여 있다. 랄쉬는 각 모둠에서 만든 케이크를 맛보고 아무런 말을 하지 않았다. 한 입 먹고 케이크를 만든 애들을 가만히 바라보다가 다음 모둠으로 이동했다. 다섯 번을 같은 방법으로 시식했다.

마지막으로 우리 모둠 차례다. 나는 벌렁거리는 내 심장에게 속삭였다.

"제발 얌전히 있어 다오."

물론 몸은 내 말을 듣지 않았다. 랄쉬가 우리 케이크를 맛보는 십 초가 십 년처럼 느껴졌다.

"음······."

그 애가 나지막이 속삭이고 나서 내 손을 잡더니 하늘로 높이 들었다. 복싱 링에서 주심이 챔피언을 알리는 듯이.

"우승!"

랄쉬는 실습실 안의 모두가 들을 수 있도록 큰 소리로 소리쳤다. 그때 나는 세상을 다 가진 것 같은 기분이 들었다.


설거지를 마치고 테이블 정리도 모두 끝이 났다. 남은 케이크는 조금씩 작은 통에 담아서 각자의 집으로 가지고 갈 수 있도록 쌌다. 각 모둠에서 만든 케이크를 맛본 선생님은 세상을 다 가진 듯 만족한 모습이다.

"다들 케이크 굽는 법을 알아봤으니 이번 주말에는 집에서도 구워 보도록. 부모님께서 무척 좋아하실 거야."

그제야 생각이 났다. 랄쉬가 또 장난을 친 거다. 이번에는 나도 홀딱 넘어갔다. 선생님도 반 애들도 모두 다 그 애의 장난에 넘어가 버렸다. 그날은 5월 중순이었고, 랄쉬의 생일은 한 달도 훨씬 전이었다. 하지만 그게 무슨 상관이란 말인가? 랄쉬는 내가 만든 케이크가 제일 좋다고 했는데. 그 애가 하늘 높이 올린 손이 내 손인데 날짜가 무슨 상관이란 말인가!

화창한 5월 말이었다. 영어 시간표에 〈포레스트 검프〉라고 적혀 있었다. 제목 외에는 다른 말이 더 적혀 있지 않아서 다들 그게 무슨 말인지 궁금해했다. 나는 궁금하지 않았다. 어렸을 때 도서관에서 〈포레스트 검프〉 영화를 열 번도 넘게 빌려 보았다. 그때까지만 해도 〈포레스트 검프〉는 내가 제일 좋아하는 영화였다. 물론 난 이 사실을 아무에게도 말하지 않았다. 오래된 영화인 데다 특별히 멋진 영화라 할 수 없어서다.

그사이 랄쉬는 반 애들 앞에 서서 휴대전화로 〈포레스트 검프〉를 검색했다.

"저거 영화네."

"오예!"

랄쉬의 말에 애들이 환호성을 질렀다.

영화를 본다는 건 수업 시간 내내 편하게 놀 수 있다는 것과 같은 의미다. 난 그 영화가 꽤 길어서, 다음 영어 시간에도 영화를 보겠구나 생각했다.

애들은 선생님이 영상실로 가라고 말하기도 전에 이미 영상실로 발길을 옮기고 있었다. 나는 북적대는 복도에 섞여 들고 싶지 않아서 천천히 걸어갔다. 여자애 몇몇이 머리 묶는

비법과 화장품 테스트한 것, 고등학생 남자친구와 밤새도록 문자를 주고받은 이야기를 소곤거리는 게 들렸다. 저 애들은 나도 자기들과 비슷한 생각을 한다는 걸 짐작이나 할까? 늘 조용한 안나도 평소에는 휴대전화를 들여다볼 거란 생각을 할까? 내 손가락도 누군가의 맥박을 뛰게 하는 말을 전송할 수 있다고 상상이나 할까?

아니, 못 할 것이다.

영상실 안의 자리는 대부분 누군가 앉아 있었다. 랄쉬는 맨 뒷자리에 앉았고, 마침 그 애의 옆자리는 비어 있었다. 내가 용기를 낼 수 있을까? 몸 안의 혈액이 평소보다 훨씬 빨리 흐르는 것처럼 느껴졌다. 이전의 나라면 랄쉬와 멀찍이 떨어져 앉았을 것이다. 이왕이면 앞쪽으로. 그러나 새로 태어난 나는 고개를 들어 뒤쪽을 쳐다보고 랄쉬가 자기 옆자리를 손가락으로 두드리는 것을 알아차렸다. 난 숨을 깊이 들이마시고 나서 뒷자리로 갔다.

선생님이 프로젝터 화면을 내리자 나는 앞을 바라볼 완벽한 이유가 생겼다. 왼편, 랄쉬가 앉아 있는 쪽을 보지 않을 이유가 생긴 것이다. 다른 이보다 조금 긴 앞니와 혀로 장난을 치고 있는 랄쉬를 말이다. 그리고 인간의 얼굴이 이만큼

벌겋게 달아오르는 게 가능한지 확인할 필요도 없어졌다.

불이 꺼지고 영상실 안은 완전히 어두워졌다. 홍당무가 된 내 얼굴을 가릴 수 있게 되어 다행이었다. 그렇다고 흰 정장을 입고 여행 가방과 초콜릿 상자를 들고 벤치에 앉아 있는 화면 속의 남자 주인공에게 집중한 것은 아니지만.

"저 사람, 말투가 이상하네?"

내 앞에 앉은 누군가가 속삭이는 소리를 들었다. 그와 동시에 소리를 내지 않고 웃느라 흔들리는 랄쉬의 의자를 느낄 수 있었다. 랄쉬는 의자에 바로 앉으면서 다리를 벌렸다. 그 애의 다리가 내 무릎에 닿을락 말락 했다. 난 정면을 보면서 내 무릎을 살짝 옆으로 옮겼다.

"삶은 캔디 같은 거야."

영화 속 주인공의 대사에 내 옆의 의자가 다시 흔들렸다.

나는 하나도 웃기지 않았지만 살짝 웃는 소리를 냈다. 조금 더 있으면 눈물이 나올 텐데…….

웃기는 장면이 끝나고 슬픈 장면이 이어졌다. 나는 울지 않으려고 입술을 깨물며 백까지 세었다. 곧 그럴 필요가 없었다는 걸 깨달았지만 말이다.

나는 울거나 웃을 겨를이 없었다. 영화를 보는 내내 내 몸이 랄쉬에게 너무 가까이 있다는 데에만 온 신경이 곤두섰다. 랄쉬의 손은 내 손과 아주 가까이에 있었고, 내 허벅지도 그 애의 허벅지에 맞닿아 있었다. 그 애는 자기의 허벅지를 옮기려 하지 않았다. 오히려 내 쪽으로 더 가까이 밀었다. 결국 내가 다리를 옮겨야 했고, 몇 분 뒤에 내 허벅지가 다시 그 자리로 돌아가면 랄쉬의 허벅지가 내 허벅지를 밀어냈다.

사실 성경을 영화화한 것이나 버터 제작에 관한 다큐멘터리를 봤더라도 난 전혀 상관이 없었을 거다. 두 시간도 넘게 랄쉬 옆에 나란히 앉아 있다는 것에만 정신이 쏠렸으니까.

"영화 재미있네."

불이 다시 켜지고, 랄쉬가 웃으며 말했다.

"난 저 남자, 마음에 들어. 주인공 말이야. 안나, 넌 어떻게 생각해?"

랄쉬가 물었지만 아무 대답도 할 수 없었다. 아니, 나에 대한 백 가지 질문을 했더라도 난 아무 답도 하지 못했을 것이다.

"영화, 자주 보면 좋겠다."

다른 애들과 영상실에서 나가기 전에 그 애가 낮은 목소리로 내게 말했다.

"나도 그랬으면 좋겠어."

나는 텅 빈 영상실에서 혼잣말로 대답했다.

밤에 나는 물속에서 잠수를 하고 있다. 커다란 고무 오리발을 신고 헤엄을 치고 있다. 물속 세상에는 아무런 소리가 나지 않는다. 조개도, 소라도, 산호도, 물고기와 해조류까지 모두 같은 방향으로 움직이고 있다. 바닷속 모든 생명체들이 바닷물의 흐름에 맞춰 앞으로 뒤로 움직이고 있다. 빛이 비추어 물속이 더 선명하게 보인다. 난 내 옆을 헤엄쳐 가는 물고기들의 아가미, 지느러미, 작은 수염을 본다. 바위에 끼인 진분홍색의 지느러미가 손짓하듯 흔들린다. 그것에게로 가는데, 빛이 사라졌다. 카운트다운이다. 처음에는 빛 한 줄기가 사라지더니 다음에는 두 줄기, 그다음에는 세 줄기가 사라져 완전히 깜깜해졌다. 앞을 볼 수가 없다. 어둠 속에서 길을 잃고 말았다. 무언가가 몸에 닿았다. 바위다. 갑자기 통증이 몰려온다. 상상을 초월하는 고통이다. 내 팔이 아직은 제자리에 있다. 떨어져 나간 것은 아니다. 하지만 뭔가 이상한 기분이 든다. 팔이 타들어 가는 듯하다. 팔 위쪽에서 어깨로 고통의 광선을 보내는 것 같다. 어두워서 볼 수는 없지만 내 옆에 길고 얇은 무언가가 느껴진다.

해파리다.

참을 수 없는 통증에 소리치고 싶다. 이 통증을 내 몸에서 떨쳐
내고 싶다. 그러나 나는 여전히 물속이고, 아무도 내 목소리를 들을
수가 없다. 물속에서 나는 그 고통을 떨쳐 낼 수가 없다. 팔이 타들
어 가는 듯한 나를 향해 해파리가 다가오고 있다.


침대에서 벌떡 일어났다. 타는 듯한 팔의 통증이 여전히 느
껴졌다. 다시 잠들기 전, 팔에 알로에 연고를 발랐다.

"그러니까…… 그냥 꿈이야……."

팔을 쓰다듬으며 속삭였다.


어느 금요일 밤, 나는 손에 휴대전화를 쥐고 침대에 누워
있었다. 밤이 늦었지만 피곤하지 않았고 문자 수신 알람이 울
릴 때마다 정신은 점점 더 맑아졌다. 눈을 감고 잠에 내 몸을
맡겨야 하지만 내 심장은 문자를 확인해 봐야 한다고 채근했
다. 역시나 랄쉬에게서 온 문자다. 문득 하늘의 작은 별들이
반짝이며 희망을 주려는 것 같았다. 글자 하나하나가 모여서
단어가 되고, 단어들이 모여 문장을 만들면서 내 몸을 간질
였다.

그날 랄쉬가 보낸 문장들은 전보다 솔직했고, 속도는 훨씬
더 빨랐다.


너, 웃는 모습이 예뻐.

너, 정말 예뻐.

정말이야.

네가 예쁘다는 말 진심이야.

장난 아니고,

안나, 내 진심을 전하고 싶어.

이런 말을 하는 거 태어나서 처음이야.

주말이면 네 생각을 정말 많이 해.

내가 왜 이런 문자를 보내는 것 같아?

나, 너 좋아해.

네 생각을 얼마나 많이 하는 줄 아니?

지금도 네가 너무 보고 싶어.


이번에는 랄쉬가 자신의 사진을 보냈다.

웃통을 벗고 있는 랄쉬의 사진······.

랄쉬는 거의 나체였다.

나는 온몸이 떨려 녹아내리는 것 같았고, 밤이 깊도록 잠을 이루지 못했다.

◆

◆

◆

화요일에 프랑스어 수업을 마치고 티나네 집에 갔다. 여느 때처럼 티나는 방에 들어가자마자 음악을 켰다. 나는 끽끽 페달을 밟는 소리, 고양이를 고통에 빠뜨려 최고의 오페라 가수가 되게 만들어 버리는 테크니컬 데스 메탈이 나오기를 기다렸다. 이번에는 또 얼마나 귀가 아픈 음악이 나올지, 바짝 긴장하고 있는데 내 예상과 너무나도 다른 음악이 흘러나왔다. 오케스트라의 연주가 깔리고 휘파람 소리와 유쾌한 템포가 어우러진 음악이다. 60년대에 들었을 법한 즐거운 곡이다.

가사는 전혀 알아들을 수 없었지만. 나는 피식 웃음을 터뜨렸다.

"일본어야."

티나가 유리잔에 물을 따라 건네며 말했다. 나는 물을 크게 한 모금 마셨다.

"스키야키라는 가수인데 일본에서는 다르게 부른대. 발음이 얼마나 어렵던지, 외울 수가 있어야지. 그래서 그냥 내가 알아들은 대로 부르는 거야."

"네가 평소에 즐겨 듣는 음악이랑 많이 다른데? 이런 경쾌한 휘파람 소리는 절대로 안 들을 줄 알았어."

내가 웃으며 말하자 티나가 한쪽 눈을 찡긋하고 웃어 보였다. 그러고 나서 나에게 비밀 하나를 말해 주겠다고 했다. 나는 티나를 빤히 바라보았다.

"스키야키는 일본의 전통 음식 이름이야. 고기랑 야채가 들어간 볶음 요리래."

티나는 잠시 말을 멈추고 입을 벌려 손가락을 입안에 집어넣는 시늉을 했다. 고기를 표현하는 것 같다.

고기를 싫어하는 애가 일본의 고기볶음 요리는 어떻게 아는 거지? 그러다 문득 떠오르는 게 있었다. 모니터 앞에서 식사하기. 외로운 아시아인. 티나는 전에 말한 앱을 통해 이 음식을 알았나 보다.

"실은 채팅을 하다가 알게 됐어. 일본 도쿄에 사는 '히로'라는 사람한테. 이전에 히로가 스키야키를 먹었거든. 난 내 방에서 곡물죽을 먹었고. 그때 히로가 이 노래 링크도 보내 줬지. 육십 년쯤 전이랬나? 일본에서 엄청 인기가 많았대."

"상큼한데."

내가 물을 마시며 대답했다.

티나는 해사한 태양 같다. 아, 시커먼 눈 화장에 공포 영화랑 테크니컬 데스 메탈을 좋아하는 건 빼고. 티나 옆에 있으면 나도 같이 밝아지는 것만 같다. 가까이에 있고 싶고, 같이 있는 시간이 정말 좋다. 그동안 내가 그토록 원하던 시간을 함께 공유한다. 내게 새로운 세상을 열어 주고, 오랫동안 열려 있던 다른 문을 닫게 한다. 그래서 티나에게는 모두 다 말할 수 있을 것 같다. 급하게는 안 되겠지만. 티나에게 내 속도에 맞춰 달라고 어떻게 말해야 할까?

솔직히 지금 당장은 힘들 것 같다. 티나가 노트북을 꺼내서 전에는 본 적이 없는 사이트에 들어갔다. 영어로 소개되어 있는 사이트에서 티나가 아이디와 비밀번호를 넣었다. 곧이어 티나의 사진과 노란색으로 '50'이란 숫자가 적힌 프로필 페이지가 나왔다.

"50은 무슨 의미야?"

내가 물었다.

"오십 명의 팔로워가 있다는 말이지. 내가 올리는 영상을 볼 수 있는 사람이 오십 명 있다는 거야."

"이제 막 시작한 거 아니야? 오십 명이면 꽤 많은 것 같은데?"

티나는 별거 아니라며 손사래를 쳤다.

"이 사이트에 가입한 지는 좀 됐어. 그나저나 안나, 이렇게 내가 영상을 올리면 그걸 공유하고 보는 사람들이 있다는 게 신기하지 않니? 대체 누가 이런 생각을 해낸 걸까?"

나는 극도로 긴장했다. 재밌겠다고 말하는 입이 바싹 말랐다.

"일본 사람들은 희귀한 음식을 좋아하니까, 오늘은 빵에 버터를 발라 갈색 치즈를 올려서 먹는 영상을 찍어 보자."

티나가 영상에 필요한 재료를 냉장고에서 꺼내 왔다. 그사이 나는 식빵을 네 조각으로 잘랐다.

"빵 위에 버터를 바르는 것부터 시작하자. 갈색 치즈를 올리는 게 이번 영상의 절정이니까. 차근차근 준비해야 해."

티나가 신이 난 듯이 말했다.

"아무리 생각해도 아주 특이한 취미인 것 같아."

내 말을 듣지 못한 티나가 시계를 보며 딱 좋은 시간이라고 중얼거렸다. 하기야 내가 소심하게 작은 목소리로 말했으니 알아듣지 못한 것도 당연하다.

"일본은 지금이 딱 저녁 먹을 시간이거든. 거긴 여기보다 몇 시간 빠르니까. 혼밥족들은 평소에 노트북을 가지고 다녀. 그러니까 지금은 라이브 방송을 하는 게 좋을 것 같다."

티나는 훨씬 전부터 이 앱을 사용해 온 것 같다. 언제 영상을 올리고 라이브로 방송을 하는 게 좋을지도 알고 있으니 말이다. 티나가 '라이브 방송'이라고 말한 동시에 나는 입고 있던 후드 점퍼의 지퍼를 턱까지 올려 잠갔다. 솔직히 후드 점퍼에 달린 모자도 뒤집어쓰고 싶었다. 하지만 일본에 가고 싶어 안달이 난 노르웨이 생쥐가 갈색 치즈를 갉아 먹고 있는 듯이 보일 것 같아서 모자는 쓰지 않기로 했다. 티나가 자신의 프로필 페이지에 떠 있는 카메라 모양을 클릭하자 '녹음'과 '라이브'로 선택하라는 창이 떴다.

"준비됐어?"

난 고개를 끄덕이며 그저 무사히 끝나기만을 바랐다. 그것 말고는 달리 도리가 없었다.

"그럼 시작한다!"

티나가 신이 난 듯 외치고는 '라이브'를 선택했다. 우리가 라이브를 진행한 지 삼 분쯤 지났을 때 첫 번째 채팅 상대가 들어왔다.

*"헤이 걸즈!"*

작은 메시지 창이 떴다. 티나는 빵 조각을 입에 물고 답을 했다.

*"안녕하세요?"*

그러고는 마이크를 연결하여 문자가 아닌 말로 대화를 주고받았다. 우리가 누구이고, 지구 반대편 어디에 사는지 하는 것들 말이다. 화면 속의 남자가 갈색 치즈 빵을 보고 메시지를 남겼다. 남자는 마이크를 연결하지 않았다.

**염소 치즈를 빵에다가? 별로일 것 같은데?**

이어서 남자가 메시지를 남겼다. 너희처럼 어리고 예쁜 소녀라면 아주 좋을 것 같아! 그러고 나서 이어진 메시지를 보고 나는 그만 사레에 들리고 말았다.

*이제 그만 먹고, 가슴이나 보여 줘!*

티나는 이성을 잃은 듯 소리를 지르며 화를 냈다. 나는 입에 문 갈색 치즈 빵이 세상에서 가장 큰 돌멩이처럼 느껴졌다. 그렇게 빵을 입에 문 채로 온몸이 얼어붙었다. 그러다 입안의 빵 조각이 점점 불어서 곧 입안을 뚫고 나올 것 같은 공포에 휩싸였다. 난 자리에서 일어나 구토를 할 가장 가까운 곳을 찾아 뛰었다. 맨 처음 눈에 보인 곳은 주방 싱크대였다. 그런 나를 보는 티나의 눈이 평소보다 두 배는 더 크고 동그래졌다. 티나는 노트북 화면을 쾅 소리가 나게 닫고는 쥐고 있던 갈색 치즈 빵 조각을 쓰레기통으로 던져 버렸다.

"괜찮아?"

티나가 물티슈를 건네주며 물었다. 나는 이렇게 유별나게 구는 나 자신이 창피해서 얼굴이 빨개졌다.

"어쩌다 한 번 이런 사람들을 만나게 되곤 하는데 그렇다고 가슴을 보여 줘야 되는 건 아니야. 절대로 아니야. 화를 내고, 대화를 끊고, 영상을 닫아 버리면 돼. 너는 처음이라 많이 놀랐겠다. 하지만 괜찮은 사람이 더 많아."

날 달래듯이 티나가 설명했다.

"티나……."

티나의 진심 어린 위로에 난 아무 말도 할 수가 없었다.

걱정스러운 눈으로 티나가 나를 바라봤다. 그 눈을 보고 있자니 나는 티나에게 모든 걸 다 털어놓고 싶어졌다. 이미 티나네 집 싱크대를 엉망으로 만든 직후라 더욱 그랬다. 티나는 내게 랄쉬에 대한 모든 이야기를 해도 된다는 믿음과 온기를 전해 주었다. 아무리 씻어도 다 씻기지 않는 그것! 하지만 티나에게 막 입을 떼려고 한 마지막 순간, 나는 그만 용기를 잃고 말았다. 나는 덤덤하게 가방을 챙겼다.

"티나, 빵 잘 먹었어."

그
날

랄쉬의 반나체 사진은 내 몸을 바위처럼 무겁게 만들었다. 한편으로는 솜털처럼 가볍게 만들기도 했다. 하지만 계속 긴장이 돼서 평소와 같이 숨 쉬는 것이 힘들게 느껴졌다.

이런 문자에는 답을 잘해야 한다. 랄쉬는 내게 체스 게임을 제안한 걸까? 그렇다면 첫 말을 움직여야 한다. 나는 스웨터를 살짝 내려 어깨가 보이게끔 사진을 찍었다. 도저히 카메라를 바라볼 용기가 나지 않았다. 하지만 완전히 감추고 싶지도 않았다. 어떤 포즈를 취해야 할까? 이렇게 하면 나도 섹시해 보일까? 한 번도 해 본 적이 없는데, 어떡해야 더 예뻐 보일까?

내가 보낸 사진에 랄쉬가 하트 모양의 이모티콘을 보내

왔다.

*너 정말 예뻐!*

랄쉬가 보낸 문자를 저장하고 싶어서 채팅 화면에 있는 저장 버튼을 눌렀지만 소용이 없었다. 나는 랄쉬가 나에게 해주는 말을 모두 다 저장하고 싶었다. 눈을 감고 그 애의 문자를 눈꺼풀 뒤에서도 보고 싶었다. 글자 하나하나를 내 심장에 새겨 놓고 절대로 사라지지 않도록 하고 싶었다. 늘 내 안에서 함께할 수 있도록!

그 뒤로 며칠, 아니, 몇 주간 나는 세상에서 가장 아름다운 랄쉬의 뒤통수를 보며 지냈다. 랄쉬가 내 쪽으로 고개를 돌려 미소 지으면 그 애의 긴 앞니를 보고 하루 종일 행복한 기분에 사로잡혔다. 그러다 우리가 같은 공간에 있지 않을 때, 그때쯤에야 비로소 나는 그 애의 곁으로 다가갔다. 랄쉬의 휴대전화와 내 휴대전화 사이로 수많은 단어와 달콤한 문장과 발랄한 이모티콘이 오갔다. 그 애는 점점 나의 모든 것을 보고 싶어 했다. 이윽고 그 애의 마지막 문자가 도착했다.

네 모든 걸 보고 싶어.

심장이 요동치고 몸 안 곳곳이 심장 박동으로 가득 차 버리는 밤들이 지났다.

나는 나도 모르는 사이에 내 방의 전신 거울 앞에 섰다. 내뒤로 침대가 있고, 의자 위로는 아무렇게나 벗어 던진 옷가지들이 나뒹굴었다. 나는 랄쉬가 내 방을 둘러보는 것을 원치않았다. 그저 나만을 바라보기 바랐다. 나는 곧 하늘로 쏘아올릴 로켓처럼 나 자신에게 말했다.

10,

9,

8……

숫자를 세는 동안 내 몸을 감싸고 있던 옷가지가 하나씩 사라졌다. 바지를 벗으며 나는 7, 6, 5를 세었다.

스웨터를 벗으며 4, 3을 세었다.

티셔츠와 양말. 이제 몸에는 두 가지만 남았다. 긴장이 되어 숨을 크게 내쉬었다. 브래지어는 한 손으로 쉽게 풀렸다. 익숙한 자유가 느껴졌다. 그리고 마지막 남은 한 가지, 팬티를 벗으며 나는 크게 0을 외쳤다. 이제 하늘로 날아갈 준비가 되었다.

난 거울 앞에 벌거벗은 채로 서 있었다.

내 손에는 아무것도 들려 있지 않았다. 휴대전화만 들고 있을 뿐이다. 나는 휴대전화를 들고 각도를 맞췄다. 곧 카메라의 플래시가 터졌다. 그리고 전송! 이제 랄쉬가 나를 볼 것이다. 그 애는 특별한 비밀을 나누려는 내 용기를 알아보겠지?

이제 기다리는 일만 남았다. 랄쉬가 문자를 열었다. 랄쉬가 사진을 보았다. 그 애가 나를 보았다. 그 애의 몸속에서 돌던 피가 얼굴에 닿고, 한 번도 느껴 본 적 없는 속도로 심장이 쿵쿵 뛰었을 테다. 마치 지금의 나처럼.

하지만 내 생각이 틀렸다. 그 애 메시지 창 너머로 생각지 못한 알림이 떴다.

스크린 샷.

3학년 여자애들은 정말 최악이다. 그 애들은 짙은 화장을 하고 풍선껌을 씹으며 하루에 사과 한 쪽과 당근 하나만 먹고 살아야 입을 수 있는 스키니진을 입고 다닌다. 그 애들은 글루텐과 설탕, 계면활성제가 들어간 샴푸, 피부의 잡티를 가려 주지 못하는 선크림 같은 물품을 금지 물품으로 정해 두고는 경멸한다. 그리고 내 심장을 내가 아주 싫어하는 방식으로 뛰게 하는 재주를 지녔다. 그 애들이 내뱉은 말은 날이 선 뾰족한 송곳 같다. 그 날카로운 송곳날은 내 귀에 닿기만 해도 죽을 만큼 아프다. 또 내리깔 듯이 바라보는 그 애들의 눈빛은 누구라도 땅끝으로 떨어뜨릴 힘을 지녔다.

만일 그 애들의 눈에 띄어 표적이 된다면 학교에서 살아남기란 불가능하다. 그래서 무섭다. 특히 나는 크리스티네가 불편하다. 크리스티네는 초등학교 5학년 때부터 가슴이 나왔고, 중학교 1학년 때는 향수 가게에서 아르바이트를 시작했다. 2학년에 올라서면서부터 진한 화장을 하고 다닌 탓에 또래보다 두 살은 더 많아 보인다. 사실 그 애는 우리보다 나이가 더 많을지도 모른다. 예전에 학교 선생님과 사귀다가 발각되어 학교를 그만두고 다시 입학했다는 소문이 흉흉했기 때문이다. 덕분에 그 선생님은 학교를 그만두고 먼 도시로 가서 다른 일자리를 구했다는 이야기도 들은 적이 있다. 크리스티네는 그

무성한 소문만큼이나 강한 권력을 쥐고 있다. 학교 여자애들은 감히 크리스티네를 거역할 용기조차 내지 못한다. 학교 안에서 누구를 나락으로 빠뜨릴지는 전적으로 크리스티네의 의지에 달렸다고 해도 과언이 아닐 것이다.

그리고 랄쉬가 스크린 샷을 누른 월요일 밤 뒤로, 나는 크리스티네의 표적이 된 것 같다.

크리스티네와 그 애의 패거리가 식당에 가려는 나를 멈춰 세웠다. 금발에 키가 큰 편이 아닌데도 그 애들은 어딘지 더 크고 어두워 보이는 분위기가 있다. 그 애들한테서 코코넛 보디로션 향이 났다. 심장이 벌렁거리지 않았더라면 그 애들이 풍기는 향에 여름이 성큼 다가왔음을 알아차렸을 것이다. 크리스티네가 가방에서 휴대전화를 꺼내 손가락으로 화면을 넘기더니 어떤 사진을 내게 보였다.

"이거, 너 맞지?"

나는 실오라기 하나 두르지 않고 홀딱 벗고 있는 나를 보았다. 온몸이 불에 타오르는 것만 같았다. 내가 딛고 있는 땅에 금이 가서 땅이 열리고, 내가 그 밑으로 떨어질 것만 같았다. 밑에서 누군가 나를 끌어당기고 있는 기분이 들었다. 아니, 내가 두 발로 서 있는 것인지조차 알 수가 없었다.

"그럴 줄 알았어. 랄쉬가 보냈더라. 학교 애들 모두 다 돌려봤는데 어떡하니? 안나, 내가 너라면 지금 식당에는 안 갈 거야."

크리스티네의 말에 땅을 딛고 서 있던 내 다리가 완벽하게 무너져 버렸다. 몸에 중심을 잃고 나락으로 빠져 버린 나를 내려다보던 크리스티네가 패거리들을 데리고 식당으로 향했다.

"자기가 랄쉬랑 잘되기라도 할 줄 알았나 봐."

그 애들 중 한 명이 내 옆을 지나가면서 비아냥거렸다. 그 말은 날카로운 비수가 되어 내 뼈를 자르고, 혈관과 근육을 잘랐다. 묵직하고 커다란 주먹이 되어 내 가슴을 치고 나를 바닥으로 내팽개쳤다. 내 가슴은 천 개의 조각으로 부서졌다.

부서진 내 마음의 조각들은 주변에서 울리는 휴대전화 소리에 섞여 다시 한번 더 땅바닥으로 떨어졌다.

다른 애들이 주머니에서 휴대전화를 꺼내 들었다. 다들 그 사진을 보는 거겠지. 나는 산산조각 난 가슴을 그 자리에 버려 둔 채 허울만 남은 몸뚱이를 이끌고 달렸다.

나는 화장실에 들어가 문을 걸어 잠갔다. 두 손이 바들바들 떨렸다. 몸속에서 피가 그 어느 때보다 빠르게 도는 것이 느껴졌다.

랄쉬는 왜……. 왜 스크린 샷을 남겼을까? 왜 그 사진을 돌려 본 거지? 왜 나한테……. 도대체 왜!

정신을 차리고 마음을 가다듬어 보려고 했지만 머릿속으로 '왜'란 단어만 테니스공처럼 빠르게 왔다 갔다 할 뿐이다.

꽉 닫은 문 사이로 화장실에 들어온 여자애들의 말소리가 들렸다. 얼른 문 아래로 몸을 숙여 보니 세면대 앞에 선 다리 여섯 개가 보였다.

"어머, 이거 봐! 얘 완전 다 벗었어!"

한 명이 말했다.

"그러니까! 완전 홀딱 벗었잖아!"

다른 한 명이 말했다.

"그것도 안나가! 평소에는 조용한 생쥐처럼 있더니……. 세상에, 이게 말이 되니?"

마지막 한 명의 말에 셋은 기가 막히다는 듯 소리 내어 웃었다.

나는 화장실 안에서 그 애들이 말한 조용한 생쥐처럼 가만히 앉아 숨소리도 나지 않게끔 온 힘을 쏟았다.

"얘도 정말 미쳤다! 대체 뭘 믿고 이런 사진을 랄쉬한테 보낸 걸까?"

곧 머리에 스프레이를 뿌리는 소리와 그 애들의 웃음소리가 뒤엉켰다. 스프레이에서 나온 달달한 향에 속이 매스꺼웠다. 그러다 그 애들 중 한 명이 내가 있는 칸의 옆 칸으로 들어오더니 문을 잠그지 않았다.

"거기서 뭐 해?"

다른 한 명이 물었다.

"여기 누가 또 있어……. 생쥐처럼?"

옆 칸으로 들어온 여자애가 답했다. 잠시 아무 말이 없었다. 그러다 하이에나처럼 비열하게 웃는 소리가 다시 들려오고 서로 하이 파이브를 하는 소리가 들렸다.

잠시 뒤 모두 밖으로 나가는 소리가 들려왔다.

시계를 보니 수업이 시작됐을 시간이었다. 나는 그제서야 화장실 밖으로 나올 수 있었다. 불안한 마음에 내가 있던 칸의 옆 칸으로 들어가 봤다. 아무것도 없었다. 안도의 한숨이 나왔다. 그러다 곧 그 칸이 아니라는 것을 깨달았다.

반대쪽 옆 칸 문이 활짝 열려 있었기 때문이다. 그쪽은 내가 굳이 들어가 볼 필요도 없었다. 가볍게 내쉰 한숨이 헛된 것이었음도 알아차렸다.

*안나는 창녀!*

옆 칸 화장실 문 중앙에 큼지막하게 쓰여 있었다. 그 큰 검정 글씨가 내게 소리쳤다. 손으로 지워 보려고 했지만 소용없었다. 아무래도 지워지지 않았다.

유성 마커펜.
스크린 샷.
유성 마커펜.
그리고 스크린 샷.

이 둘은 아무래도 지워지지 않는다.

몸 안의 살들이 두 배로 부풀어 오르는 것 같았다. 피부가 내 몸을 감싸기 힘들어했다. 압박에 당장에라도 터질 것만 같은 기분이 들었다. 심장이 몸 밖으로 튀어나올 것처럼 쿵쾅거렸다.

팔뚝에서, 손가락 끝에서, 무릎에서 심장 박동을 느낄 수 있었다. 피가 거꾸로 솟구치는 것 같았다. 참을 수가 없었다. 내 안에서 망치가 세게 두드리는 듯했고, 뺨과 광대뼈 위에서 시작된 뜨거움이 온 얼굴로 번져 나갔다. 처음에는 실체가 없는 느낌뿐이었는데, 나중에는 내 눈에도 훤히 보였다.

수치. 내가 느낀 것은 그것이다. 배 속에 있던 것은 뜨거움이 아니었다. 차갑고 무거운 돌덩이였다. 이제 곧 내가 교실에 없다는 것을 알아챌 텐데…… 나를 찾을까? 내가 다시는 그 교실 문턱을 넘을 수 없다는 걸 그 애들은 알까?

교실 문턱을 넘어갈 수는 없지만 화장실에서는 나가야 했다. 쿵쾅거리는 가슴과 수치심으로 빨개진 몸으로 하루 종일 화장실 안에서 웅크리고 있을 수는 없었다. 집에 가고 싶었지만 복도 사물함에 걸어 둔 재킷이 생각났다.

무슨 정신으로 화장실을 나왔는지 모르겠다. 나는 간신히 교실 앞에 다다랐다. 모두가 복도로 나오기 전에 사물함에 걸려 있는 재킷을 들고 학교 밖으로 나가야만 했다. 내가 학교

정문으로 가까이 가는데 학교 도서관 방향으로 걸어가고 있는 두 명이 눈에 들어왔다. 아는 애들이었다. 그중 한 명이 다른 애의 어깨에 손을 올리며 말했다.

"잘 봤어!"

"우아, 자신감 쩌는 여자였네!"

그 애가 다른 애에게 말했다.


나는 랄쉬의 변명을 듣고 싶지 않았다. 그저 학교에서 달아나고 싶었다. 유성 마커펜과 스크린 샷과 천 개로 조각난 내 가슴으로부터.

집으로 돌아와 이불을 덮어쓰고 누웠다. 엄마에게 목이 아프다고 말했지만 목만 아픈 건 아니었다. 배며 머리, 가슴과 영혼에 이르기까지, 나를 둘러싼 모든 것이 아팠다. 그렇게 나는 일주일이 넘도록 이불 밖으로 나올 수가 없었다. 휴대전화는 충전하지 않았다. 꺼진 채로 그냥 두었다. 랄쉬. 그 이름만으로도 보아뱀이 내 배 전체를 감싸고 조르는 듯한 고통이 일었다.

랄쉬는 왜 그런 짓을 한 걸까?

왜 전교생과 그 사진을 돌려 본 걸까?

난 이불 밑에 누워서 랄쉬가 보낸 모든 단어와 문장과 이모티콘 사이에서 고민했던 나날과 그 달콤한 말에 휘둘려 저지른 행동들을 떠올려 보았다. 아무래도 알 수가 없었다. 희망으로 반짝이던 별들이 한순간에 모두 꺼지고 시커먼 하늘만 남았다. 내 온몸을 기분 좋게 간질이던 그 이름이 지금은 나를 미라처럼 만들었다. 죽으라는 듯 망치질을 해 댔다. 엄마와 아빠가 걱정스러운 눈으로 나를 보았다. 나는 좀비처럼 내 방에서 한 발짝도 나가지 못했다. 그사이 담임 선생님이 여러 차례 전화를 걸어 왔다. 그리고 보름이 지날 즈음, 학교에서 연락이 왔다. 무단 결석이 길어진 이유를 알아야 한다며 병원 진단서가 필요하다고 했다. 이제 더는 병원 진료를 거부할 수가 없었다.

병원에서 목 검사를 하고, 가슴을 진찰했다. 아무도 없는 음침한 방에서 귀와 코에 면봉을 쑤셔 넣는 검사도 받았다. 모든 검사가 끝나고 엄마와 나는 결과를 듣기 위해 병원 복도 의자에 앉아 있었다. 얼마 안 있어 의사 선생님이 슬리퍼를 질질 끌며 복도로 나와 애써 활기차게 말했다.

"안나, 안나만 나랑 볼까?"

함께 자리에서 일어선 엄마를 의사 선생님이 제지했다.

나는 진료실로 들어와 의사 선생님 책상 앞 의자에 앉았다. 그녀는 의사만이 내보일 수 있는 심각한 눈빛으로 나를 바라보았다.

이제 난 죽는구나. 선생님은 다 알고 있어. 그렇게 생각하는데 의사 선생님이 말했다.

"검사 결과는 모두 좋아. 바이러스나 박테리아에 감염된 게 아니야."

젠장 젠장 젠장! 박테리아마저 날 도와주지 않았다. 나더러 다시 학교에 가란 말인가!

"그런데 검사만으론 밝혀내기 힘든 병이 생긴 게 내 눈에 보이거든. 피 검사나 박테리아 검사로는 보이지 않는 그런 거. 보름이나 학교에 안 가고 있는 이유를 물어봐도 될까? 최근에 무슨 일이 있었던 거야? 부모님께 말하기 어려운 일이니?"

겨울이 가면 봄이 오고, 눈이 녹으면 얼음도 부서져야 한다. 얼음에 금이 가서 깨지면 폭포 밑으로 흐르던 물도 다시금 폭포로 흘러가기를 기다린다. 마지막 얼음이 깨어질 때 얼음은 포효한다. 그리고 나를 꽁꽁 얼렸던 마지막 얼음은 의사 선생님 말에 포효하고 말았다. 물이 폭포로 흘러가듯이,

내 안에서 웅크리고 있던 이야기가 터져 나왔다. 랄쉬에 대해, 나의 첫사랑에 대해, 심장 박동에 대해, 사진에 대해 털어놨다. 완벽한 바보가 되어 사진을 찍은 것이나 랄쉬가 스크린 샷을 한 것, 전교생이 모두 본 그 사진을 크리스티네가 내게 보여 주며 땅끝으로 밀어 버린 것까지 모조리 다.

"내가 부모님께 이 이야기를 전해도 괜찮을까?"

의사 선생님이 간곡하게 물었다. 나는 괜찮다고 속삭이고는 보름 동안 아껴 둔 눈물을 한꺼번에 쏟아 냈다.

눈물. 짠 눈물이 멈추지 않고 흘러내렸다. 더 이상 나오지 않을 만큼 흘리고 또 흘렸다.

켜지지 않은 휴대전화에는 학교 애들이 보낸 사진들로 가득 차 있다는 것을 알았다. 마지막으로 받은 사진은 여자 화장실 문에 적힌 '안나는 창녀'였다. 학교 관리인이 유성 마커펜을 지울 세제를 찾지 못했고, 그걸 닦는 일을 우선순위에 두지 않았던 모양이다.

엄마는 학교에 가서 내 물건들을 가지고 온 뒤, 담임 선생님에게 메일을 보냈다. 그러고 나서 나와 마주 앉아 프랑스어 책을 펼쳤다. 엄마는 단어 하나하나와 문장 하나하나를 짚어 가며 내게 프랑스어를 가르쳐 주었다. 아빠는 포털 사이트마다 전화를 해 사진을 삭제해 달라고 부탁했다. 내가 직접 할 수가 없어 아빠가 대신해 주었다. 아빠는 교장 선생님과 면담을 했고, 학생들이 휴대전화에 그 사진을 저장한 것만으로도 불법이라고 설명했다. 그 사진을 돌려 보고, 어딘가에 올리는 것도 디지털 성범죄에 속한다는 걸 정확하게 말했다. 그때 아빠는 기분이 어땠을까? 나는 아빠의 얼굴에서 수치심을 보았다. 그것은 내 것보다 훨씬 더 커 보였다.

그날 이후로 수치심은 내 몸 곳곳에 붙어 있었다. 내 볼에, 눈에, 등에, 배에. 내 수치심은 내 방 벽에도 새겨졌다. 그 사진은…… 그건 내가 누군지 모르고, 평생 모르고 살 누군가의 휴대전화를 통해 전해질지도 모른다. 그리고 그들 입에서는 이런 말이 흘러나오겠지.

*안나는 창녀다.*

그로부터 며칠이 지나고, 아빠가 집에 돌아와서 말했다.
"새 직장을 구했어."
"어디요?"
"할머니네 집 근처에 있는 회사."

거기로 갈 것이다. 훌훌 떠날 것이다. 새 마을로, 새 학교로, 유성 마커펜으로 내 이름이 적혀 있지 않은 새 여자 화장실로. 그렇게 우리는 떠나왔다.

◆

◆

◆

엄마는 부엌에서 팬케이크를 만들고 아빠는 욕실에서 청소를 하고 있다. 샐리는 거실에 앉아 장난감 기찻길을 만드는 재미에 푹 빠져 있다. 나는 옷 주머니에 있는 열쇠를 만지작거렸다. 이 열쇠가 제 집을 그리워한다고 느끼는 건 내 기분 탓인가? 샐리가 입으로 내는 기차 소리와 주방 환풍기 소리를 비집고 주머니 안에서 열쇠가 보채는 것 같다. 어서 할머니네 집에 가 보라고.

"조금만 기다려, 곧 갈 거니까."

내가 중얼거리자 동생이 나를 보며 묻는다.

"응?"

손에 프라이팬을 들고 있는 엄마도 묻는다.

"뭐라고, 안나?"

"아니요, 저녁 먹고 할머니 집에 가서 화분에 물을 주려고요."

"할머니가 무척 고마워하겠는데!"

아빠가 욕실에서 나오면서 말했다. 손에 프라이팬을 들고서 있던 엄마가 빙그레 웃었다.

"먼저 팬케이크부터 먹을까?"

"네!"

동생이 기뻐하며 식탁으로 달려들었다. 그 모습에 열쇠를 만지작거리며 불안해하던 내 마음도 잦아들었다.

할머니네 집 현관문에 열쇠를 꽂았다. 이곳에 수백 번도 넘게 왔지만, 빈집에 혼자 문을 열고 들어오려니 기분이 이상했다. 나는 까치발로 조심조심 들어갔다.

할머니네 집은 고요하다 못해 개미 숨소리조차 들리지 않을 만큼 조용했다. 시곗바늘이 째깍거리는 소리조차 없었다. 할머니는 휴대전화 시계로 충분하다면서 벽시계조차 걸어 두지 않았으니까.

나는 우선 신발을 벗었다. 할머니는 안 계시지만 나는 할머니네 집 규칙을 지키고 싶었다. 그래서 이 적막도 깨뜨리고 싶지 않았다. 그러다 문득 화분에 줄 물을 받으려면 물소리가 날 텐데, 하는 생각이 들었다. 그제야 나는 고양이처럼 살금살금 걷던 걸 멈추고 물뿌리개를 찾으러 다녔다.

주방 싱크대 아래에 화분 물뿌리개가 놓여 있었다. 흰색 물뿌리개에는 긴 주둥이와 물을 채울 커다란 구멍이 나 있다.

화분에 차가운 물을 줘야 할까? 따뜻한 물을 줘야 할까? 아니면 미지근한 물? 나는 할머니에게 미리 물어보지 못한 걸 후회하며 한숨을 내쉬었다. 그때 주방 식탁 위에 놓인 편지가 눈에 들어왔다. 편지에는 커다란 글씨로 '안나에게'라고 적혀 있다. 이 편지에 차가운 물을 줘야 할지 따뜻한 물을 줘야 할지 적혀 있을까? 나는 할머니가 남긴 편지를 읽어 내려갔다.


*사랑하는 안나!*

*네가 이 편지를 읽고 있다면, 우리 집 화분에 물을 주러 온 거겠지? 나는 남쪽 나라 해변에 누워 인생을 즐기고 있을 테고. 인생이란, 참 재미있지 않니?*

*안나, 새 학교에서 모든 것을 새로 시작하는 게 쉽지 않은 일이란 거 알아. 말은 안 해도 힘들어하는 게 내 눈에는 보이거든. 며칠 전에 네 엄마와 아빠를 만났어. 네가 새 학교에서 친구를 사귀게 되었다며 기뻐하더구나. 나도 무척 기뻤어. 나 말고도 네게 친*

구가 더 있으면 했거든, 호호호.

다른 어른들이 네 과거에 대해 이러쿵저러쿵 이야기를 했을 텐데 말이다, 나는 영화 〈라이언 킹〉에 나온 대사를 인용하고 싶구나. 네가 어렸을 때 함께 여러 번 본 영화인데, 기억하지?

내가 네게 해 주고 싶은 말은 바로 이거야.

'네 과거는 네 뒤에 두면 돼.'

안나, 과거는 그냥 네 뒤편에 두렴. 게다가 넌 나쁜 일을 한 것도 아니잖아. 피해를 입은 것뿐이야. 그리고 알잖니? 누구나 실수는 하기 마련이니까. 실수를 통해 배운 게 있다면 괜찮아. 내가 공과금 내는 걸 얼마나 자주 잊어버리는지 아니? 독촉장도 몇 번이나 받았다고. 그래도 지금의 나를 봐!

이렇게 볕 좋은 해변에서 인생을 즐기고 있잖니.

오랜 세월을 살아오면서 내가 배운 게 있는데 말이다.

나 스스로에게, 그리고 다른 사람에게 정직하게 산다면 다 괜찮아진다는 거야. 그게 어떤 일이든지! 내 말이 무슨 뜻인지 이제는 너도 이해할 거야.

사랑을 보내며.

추신, 화분들은 차가운 물을 제일 좋아해.

할머니의 편지를 식탁 위에 내려놓았다. 난 신을 믿지 않는다. 운명이나 초자연적인 어떤 것도 믿지 않는다. 내가 믿는 건 할머니뿐이다. 난 마른침을 삼키면서 내 몸의 모든 부위를 느꼈다. 내 배 속 아주 깊은 곳에서 심장이 두근두근 뛰는 걸 생생하게 느꼈다.

이제는 내가 뭘 해야 하는지 잘 알았다. 그러나 먼저 특별한 힘이 필요했다. 화분만이 차가운 물을 필요로 하는 것이 아니다. 나 역시 내 몸을 차갑게 식힐 차가운 물이 필요했다.

공중으로 손을 뻗어 피아니스트처럼 손가락 춤을 추었다.

고개를 왼쪽으로 오른쪽으로 움직였다. 그리고 오른쪽 재킷 주머니에서 휴대전화를 꺼냈다.

휴대전화 문자 창을 열고 문자를 지웠다 썼다를 반복했다. 삭제. 다시 쓰기. 삭제. 결국 나는 내가 말하고 싶은 말을 열 글자로 요약했다.


**너와 해야 할 얘기가 있어.**


마음을 가다듬고 보내기 버튼을 눌렀다. 맥박이 200까지 치솟은 것 같았고, 머릿속으로 온갖 생각이 떠올랐다. 마치 화분에 부은 물이 넘실거리는 것처럼. 주머니에서 진동이 울렸다.

*전화해.*

랄쉬의 대답은 간결했다.

그때 문득 입속에서 피 맛이 느껴졌다. 나도 모르게 입술을 아주 꽉 깨물고 있었다.

나는 과거를 내 뒤로 놓기 위한 단어를 찾기 시작했다. 랄쉬에게 내 분노를 전해야 했다. 무거운 밀가루 포대 같고, 목 안이 부어오르는 것 같고, 피부가 얼음처럼 차가워지는 동시에 불에 타듯이 뜨거워지는 것 같은 분노를! 난 랄쉬에게 그 사진을 보낸 것을 후회했다. 바보같이, 그 애가 진짜로 나를 좋아한다고 믿은 것을 후회했다. 그 사진을 찍은 뒤로 나는 수치심을 모른 척한 채 잠을 자고, 수치심을 안고 일어났다. 가끔은 모든 것이 정상이라고 생각하는 날도 있었다. 그러나 한가로운 아침을 방해하려는 듯이 수치심이 다시 떠올랐고, 우리 집과 내 방에 눌러앉아 나를 졸졸 따라다녔다. 제자리로 돌아갈 생각은 아예 하지도 않고 그렇게 내 곁에 붙어 있었다. 시계를 바라보고 있으면 정말 시계를 보는 것처럼 보일 때도 있었다. 실은 멍하니 허공을 응시하고 있을 뿐인데. 아무런 생각도 할 수 없고 다른 사람을 똑바로 쳐다볼 수도 없는 것, 그런 것이 수치심이다.

하지만 이제는 그 수치심에서 벗어나야 한다. 충분하다고, 이제 나가라고, 더 이상 여기 있지 말라고. 큰 소리로 꾸짖을 때가 온 것이다. 생각해 보면 나는 그동안 할머니의 편지를 기다렸는지도 모른다. 할머니를 유일한 친구로 둔 나로서는 어쩌면 당연한 일이다.

랄쉬는 휴대전화 연락처에 L목록에 저장되어 있다. 그 목록에는 그 애 혼자다. 그 애 번호를 지웠어야 했는데, 그러지 못하고 있었다. 어쩌면 오늘 내가 이렇게 하려고 그동안 저장해 뒀던 모양이다. 그러니 단단히 작정을 하고 똑바로 말해야지.

내 인생에 더는 끼어들지 마. 당장 꺼져!

이어폰을 휴대전화에 연결했다. 속으로 셋까지 세고 통화 버튼을 눌렀다. 신호음이 두 번 울리자 상대편에서 전화를 받았다.

"안녕, 나 안나야!"

나는 일부러 가슴을 펴고 목소리를 냈다. 당당한 말투가 나왔다.

"아, 응…… 그래, 안녕."

랄쉬가 한숨이 섞인 목소리로 대답했다. 힘이 하나도 없는 목소리다.

랄쉬와 마지막으로 이야기를 나눈 지 여러 달이 지났다. 그 때 그 애는 이런 목소리를 내지 않았다. 우리 둘 다 평생 한 번도 가 보지 않았던 곳, 애들 사이에서 '학폭위'라 불리는 학교폭력조정위원회 사무실에서 랄쉬와 마지막으로 만났다. 그 애는 내 맞은편에 앉아 있었다. 밝은 머리색에 안경을 낀 한 남자가 우리 둘 사이에 앉아 있었다. 그 남자는 랄쉬와 내 가 다시 친구가 될 수 있다고 유도했다. 우리가 다시 손을 잡고 앞으로 나아갈 수 있다면서 말이다. 세상에 친구를 하라고? 그 남자는 랄쉬에게 왜 그 사진을 전송했는지 물었다. 나 역시 그 애의 의도가 궁금했다. 그 이유는 랄쉬만 알 테니까. 랄쉬는 그 일이 있은 뒤에도 아무 일 없다는 듯이 평범한 일상을 누렸다. 나는 전혀 그렇지 못한 날들을 보냈는데……. 그런데 그날 랄쉬에게 들은 말이라고는 고작 "모르겠어요"가 다였다.

학폭위 사무실에서 랄쉬는 벽만 바라보고 있었다. 밝은 머리색의 남자 쪽으로는 눈길도 주지 않았고, 나를 볼 생각도 하지 않았다. 아니, 간혹 나를 흘낏 쳐다보기는 했다. 그 모습은 내가 알던 랄쉬가 아니었다.

반 아이들을 주도해서 분위기를 띄우던 그 애는 어디 갔을까? 다정한 문자를 수도 없이 보내던 그 애는 어디 갔지? 스웨덴 출신 가수의 달콤한 노래를 들려주고, 한없이 맑게 웃어 주던 그 애는 도대체 어디로 간 것일까?

그날 그 애는 자신이 한 짓에 아무런 후회도 없는 것처럼 보였다. 후회는 내내 내가 했다. 바보는 결국 나였다.


"잘 지내?"

내가 물었다.

"모르겠어."

한동안 정적만이 흘렀다. 나는 그 애가 학폭위 사무실에서 말한 '모르겠어요'를 생각했다.

"'모르겠어' 말고 다른 얘기 좀 할 수 없을까?"

"모르겠어……. 그런데 너는 정말 나랑 이야기가 하고 싶은 거야?"

또 잠깐 적막이 흘렀지만 내가 곧 소리쳤다.

"아니, 하기 싫어."

그리고 바로 덧붙였다.

"그래도 해야 해."


학폭위 사무실에서 우리는 아무런 협의도 하지 않았다. 밝은 머리의 남자는 이야기를 잘 이끌지 못했고, 결국 나는 제대로 된 사과를 받지 못했다. 다시는 이전으로 돌아가고 싶지 않다고만 반복했다. 쉬는 시간에 랄쉬가 나를 돌아봐 줄 거라는 희망에 찼던 날들과 인터넷에 올라가 있을 사진을 지우기 위해 매일 밤 깨어 있었던 시간으로부터 벗어나고 싶다고!

그 모든 것을 참고 견뎌 온 건 랄쉬가 아니라 나였다. 학교를 떠나야 했던 것도 나였고. 그런데도 나는 여전히 그 애가 왜 그랬는지조차 모른다.

"전학 온 거, 잘한 것 같아. 티나라고 좋은 친구도 생겼어. 아주 멋진 애야. 거기에 있는 애들보다 훨씬 멋있어. 친구를 대하는 태도만 봐도 완전히 다른 방식이지!"

내 말에 랄쉬는 아무 말도 하지 않았다. 침묵만이 흘렀다. 이대로 전화를 끊어야 할 것 같다고 생각했을 즈음 랄쉬가 입을 뗐다.

"난 사람들이 우리 누나에 대해 말하는 걸 그만두게 하고 싶었을 뿐이야. 식당에 갈 때마다 애들이 날 보며 수군거리고 내 뒤에서 말하는 소리가 듣기 싫었어. 우리 누나가 사탄 숭배자라고, 죽은 영혼을 부른다고, 미쳤다고, 미쳐서 학교를 그만둔 거라고. 나는 그 애들이 제발 다른 얘기를 하길 바랐어. 다른 사람 이야기를 했으면 좋겠다고 생각했어."

처음 듣는 이야기였다. 예전에 랄쉬는 자기 누나가 웃기고 이상하다고 말했다. 자기는 아무렇지도 않다는 양 제 누나에 대해 떠들었다. 누나와 블러드 푸딩을 먹는 사진을 내게 보낸 적도 있지 않은가! 누나로 인한 소문으로 힘들었다는 건 한 번도 내색하지 않았었는데……. 이제 와서 그걸 변명이라고 하는 건가? 누나에 대해 떠들어 대는 사람들 때문에 힘들다고 털어놓았다면 나는 같이 방법을 찾아봤을지도 모른다. 그런데 그런 내색은 한 번도 없다가 갑자기 이런 핑계를 대는 건가! 랄쉬는 이야기를 이어 가는 것이 괴롭다는 듯 끙끙거리며 앓는 소리를 냈다.

"네 사진을 학교 애들에게 퍼뜨린 바로 전날, 누나가 정신 병원에 들어갔어. 그런데 내가 학교에 가자마자 애들이 그 이야기를 하고 있는 거야. 랄쉬네 누나가 완전히 미쳤다고. 그 애들 눈빛에서 내가 우리 누나처럼 돌아 버리기를 기다리고 있단 걸 알 수 있었어. 나도 누나처럼 사탄 숭배자고, 집에 죽은 사람을 불러들인다고. 난 참을 수가 없었어. 당장에라도 멈추게 하고 싶었어."

"그래서 내가 희생양이 된 거니?"

내가 물었다. 또다시 정적이 흘렀다. 마침내 랄쉬는 힘없이 대답했다.

"그래."

"왜 하필 나야?"

내가 물었다. 그러자 랄쉬가 또 한 번 무겁게 숨을 내쉬었다.

"넌 잃을 것이 많지 않아 보였어."

"뭐라고? 잃을 것이 많지 않아 보였다고? 그게 무슨 말이야?"

"네가 지금 화내는 거 다 이해해. 나 같아도 나한테 그런 못된 짓을 한 사람을 증오할 거야."

나는 숨을 참았다가 아주 큰 소리로 외쳤다.

"진짜 문제가 뭔지 알아? 잘못은 네가 했는데, 고통은 내가 받고 있다는 거야. 네가 잘못했는데, 나는 내가 싫어졌다고!"

나는 소리치는 내 목소리를 들었다. 그러자 모든 것이 분명해졌다. 나는 잘못하지 않았다. 랄쉬가 끔찍한 짓을 저질렀을 뿐이다. 나는 나를 싫어하지 않아도 된다!

랄쉬는 아무 말이 없었다. 나도 더 말하지 않았다. 전화기 사이로 침묵만이 흘렀다.


"미안해, 안나."

그러다 문득, 그 애의 말소리가 들려왔다. 후회 섞인 목소리였다.

내가 있는 곳에서 그 애가 있는 곳까지는 차로 네 시간 정도 떨어진 곳이다. 그 애가 달에 있는 것만큼 멀리 있다고 해도 상관없다. 나는 그 애가 내 앞에서 사과하는 것처럼 아주 또렷하게 들었으니까.

"그래, 이제야 확실히 끝났네. 그리고 난 네 번호를 지울 거고, 다시는 연락할 일 없을 거야. 다만 한 가지 약속해."

"뭐?"

"다시는 그따위 짓, 하지 않겠다고. 네가 한 짓이 얼마나 추악한 것인지 반성한다고."

랄쉬는 아무 말이 없었다. 내 안의 깊은 곳에서 내가 이제

까지 알지 못했던 목소리가 터져 나왔다. 엄중하고 격노한 목소리. 내 안의 사자가 울음소리를 찾은 것 같았다.

"랄쉬! 약속해!"

쩌렁쩌렁한 사자의 울음소리에 겁을 먹은 랄쉬가 기어 들어가는 목소리로 대답했다.

"약속할게."

"그래, 끊을게."

"잘 지내."


랄쉬의 말이 끝나기도 전에 나는 전화를 끊고 전화번호를 지워 버렸다. 아니, 그 애의 전부를 지웠다. 그 애가 손목에 차던 시계, 그 애의 머리카락이 부드러워 보였던 것, 체육 시간에 그 애의 티셔츠에서 나던 땀 냄새, 그 애가 보낸 스웨덴 노래를 들으면서 가슴이 터질 듯이 뛰었던 것. 내가 알던 그 애의 모든 것이 사라질 것이다. 나는 천 개로 조각난 내 가슴을 그러모아 그것들을 자세히 들여다보았다. 이제부터는 퍼즐 조각처럼 조각난 내 가슴을 다시 맞춰 볼 생각이다. 완전하게 바른 모양이 되도록 말이다. 아니, 완전히 맞지는 않을 수도 있다. 그렇다고 완전히 틀리지도 않을 터다. 나는 그것들을 있어야 할 자리에 가져다 두고 조금 더 시간이 필요하다면 가만히 기다려 줄 생각이다.

이번에는 티나에게 문자를 보냈다. 지금 이곳으로 와 달라고, 꼭 하고 싶은 말이 있다고. 티나는 내 문자를 보자마자 곧장 '바로 갈게.'라고 답을 보내왔다.

이제 티나도 모든 것을 알게 될 것이다.

그 사진에 대해, 랄쉬에 대해, 화장실 벽을 가득 채운 낙서와 아빠가 감당했던 일들에 대해, 엄마가 나를 위해 늘 펼쳐 놓은 프랑스어 책들에 대해. 그리고 수치심, 나를 뒤덮은 수치심에 대해서도.

티나의 눈이 콜라병 뚜껑만큼 커졌다.

"안나, 그런 일은 상상도 못 했어."

"어?"

"네 이야기, 네가 우리에게 오게 된 그 이야기 말이야. 물론 난 네가 이곳에 오게 돼서 좋지만, 네게 일어났던 일은 정말 너무 화나고 안타까워."

나는 고개를 끄덕였다. 티나의 말이 맞다. 정말 안타깝다.

그렇지만 지금 나는 여기에 있고, 이렇게 놀이터 벤치에 티나와 마주 앉아 있다. 나는 아주 오랜만에 기분이 좋았다. 가

벼웠다. 비밀을 털어 버려서, 숨기는 것이 없어서, 이제 티나가 알게 되어서, 랄쉬를 지울 수 있어서.

"그 랄쉬라는 애, 정말 최악이야. 그리고 원래대로라면 그 애가 처벌을 받았어야지! 전학도 그 애가 갔어야 해, 네가 아니라."

"랄쉬도 잘 지내는 것 같지는 않아."

"당연히 그래야지. 걔가 잘 지내면 안 되지. 안나, 나 정말 너무너무 화가 나!"

"고마워."

티나는 양팔을 크게 벌려 나를 꼭 안아 주었다.

티나와 집으로 돌아가다가 할머니 집에서 해야 할 일을 깜빡한 것이 생각났다. 화분에 물을 줘야 하는데! 티나에게 할머니 집에 같이 가지 않겠냐고 묻자 티나는 흔쾌히 좋다고 말했다.

우리는 할머니 집으로 들어갔다. 어두워서 불을 켰다. 주방에 있는 화분 물뿌리개에는 물이 그대로 담겨 있었다. 티나는 거실로 갔고, 난 물뿌리개를 들고 화분이 놓인 쪽으로 갔다. 티나는 단서를 찾는 탐정처럼 할머니의 책장을 살펴보았다. 할머니 책장에는 앞 페이지에 필기체로 쓰인 책들이 많았고, 여행 가는 길에 공항 가판대에서 산 책들도 곳곳에 있었다. 평소에 할머니는 책을 많이 읽지 않지만 휴가를 가서는 꼭 책을 읽는다. 손가락 끝으로 책 제목들을 따라가며 책을 짚어 보던 티나의 손가락이 책이 아니라 액자에서 멈췄다.

"뭐 봐?"

"네가 직접 봐!"

그 모습이 의아하여 나는 책장으로 다가가 티나를 바라봤다. 처음에는 흔한 가족사진을 보고 있겠거니 했다. 그러다 곧 전혀 그런 것이 아니라는 사실을 알고는 깜짝 놀랐다.

난 얼굴이 빨개졌다. 아니, 등골이 오싹해졌다가 온몸이 뜨거워졌다. 처음 보는 사진이다. 할머니가 젊었을 때 휴가지에서 찍은 듯했다. 사진 속의 할머니는 튀르키예의 한 해변에 서서 흰 모래를 쥔 손을 높이 들고 환하게 웃고 있었다. 챙 있는 모자를 쓰고 있었는데, 그게 다였다. 그러니까 티나는 할머니가 완전히 벗고 있는 사진을 발견한 것이다.

"너희 할머니, 정말 멋있으신걸!"

나는 멍하니 티나를 바라보았다. 그런 나를 보고 티나가 더는 웃음을 참지 못했다. 나 역시 마찬가지였다.

우리는 동시에 크게 웃음을 터뜨렸다.

저는 노르웨이에 살고 있습니다. 최근 노르웨이에서는 사진 유출 사고와 범죄가 자주 일어나고 있습니다. 유명 연예인들이 이런 범죄의 피해자가 된 적은 여러 번 있고요. 어린이나 청소년들이 사진 유출 범죄를 당해서 고통받는 일도 일어나고 말았습니다. 특별한 사람들만 이런 범죄를 당하는 것이 아니었지요. 제가 이 책의 주인공 나이였을 때는 2000년대 초반이었습니다. 그때에는 휴대전화에 카메라 기능이 없었습니다. 소풍을 가거나 여행을 떠날 때는 디지털 카메라를 어깨에 메고 다녔습니다. 지금처럼 휴대전화로 모든 것이 해결되는 세상이 아니었기 때문에 조금은 무겁고 불편한 수고를 해야 했지요. 그러나 이 책의 주인공이 겪은 곤혹스러운 일은 거의 일어나지 않았습니다. 제가 기억하는 한에서는요. 저는 문명의 발달이 가져온 편리함에 늘 감사하는 마음으로 살아가고 싶지만, 왜 우리는 이런 편리함을 누리기보다 나쁜 범죄에 사용하는지 고민이 듭니다. 이 책은 동의 없이 휴대전화에 찍힌 사진 한 장이 퍼지면서 생겨난 걷잡을 수 없는 소문과 상처를 그립니다. 그렇기에 한국에서 출간된다는 소식을 들었을 때 마냥 기뻐할 수만은 없었습니다. 물론 지구 반 바퀴나 떨어진 먼 나라에서 제 책이 출간된다니, 무척 영광스러웠습니다. 다만 그렇게 멀리 떨어진 곳에서도 이 책에 공감할 수밖에 없는 현실이 있다는 생각이 들자 괜스레 슬퍼졌지요. 그러나 저는 이 책에 담긴 절망보다 희망에 대해 이야기하고 싶습니다. 이 책에는 억울한 피해를 입어 고통받는 주인공이 그 고통을 마주하면서 헤쳐 나가는 모습이 담겨 있습니다. 고통받는 피해자였지만 결국에는 자기 자신을 있는 그대로 수용하고 사랑하면서, 잘못한 이에게 제대로 화를 내는 소녀가 이 책의 주인공이지요. 부디 바라건대 이 책이 그저 어두운 이야기 혹은 한번 훅 읽고 넘겨 버릴 소설로 남지 않기를 바랍니다.

노르웨이 트롬쇠에서, 시그리드 아그네테 한센

## 사랑과 회복의 주체로서 살아갈
## 우리 모두를 위한 이야기

　이 책은 중학생 안나가 누군가를 좋아하게 되고, 그 사람과 특별하고 친밀한 교류를 나누고 싶어 하는 마음이 섬세하게 담겨 있습니다. 동시에 사적인 사진이 온라인 통신 기기를 통해 불법 유포된 뒤, 안나와 주변 사람들이 받는 고통과 아픔 역시 생생하게 그려져 있지요.

　처음 이 책을 읽었을 때, 안나가 겪은 일이 너무도 생생해서 괴로웠습니다. 한 어른으로서, 교사로서 안나를 보호하지 못했다는 죄책감마저 들었습니다. 슬프지만 우리 사회의 어떤 청소년도 안나가 될 수 있겠다 싶었으니까요. 그러나 곧 '보호'하고 싶었던 감정에 대해 돌아보았습니다. 안나를 '보호'하지 못했다는 생각은 오히려 안나를 '사랑'을 표현하는 주체로 존중하지 않는 것은 아닌가, 보호한다는 명목으로 안나를 통제하려던 것인가, 스스로 되물어 볼 수밖에 없었지요. 누군가를 좋아하며 설레고, 그 사람과 보다 친밀한 관계를 맺고 싶은 욕구는 어린이, 청소녀, 청소년에게도 자연스러운 모습인데 말입니다.

　친밀한 감정을 온라인 통신 기기를 통해 나누는 것은 이 시대의 자연스러운 의사소통방식입니다. 인터넷과 스마트폰이 우리 생활에서 떼려야 뗄 수 없는 도구로 자리 잡으면서, 디지털 기기를 이용한 문자나 채팅 등이 주요한 의사소통방식 중 하나가 된 지 오래되었습니다. 특히 어린이, 청소녀, 청소년 들은 SNS로 친구를 사귀고, 사랑과 우정을 속삭이는 것이 자연스럽습니다. 코로나19가 전 세계를 휩쓸었던 기간에는 같은 반 친구와 선생님도 온라인으로 만났으니까요. 그러나 SNS의 비대면성과 익명성, 파급력은 범죄를 일으키는 배경이 되기도 하는 것이 현실이지요. 그렇다고 어린이, 청소녀, 청소년이 온라인을 통한 교류를 할 수 없도록 원천 봉쇄해야 할까요?

이 책은 이런 현실에서 우리에게 어떤 교육과 사회적 약속이 필요한지 고민하는 도구가 될 수 있습니다. 십 대 독자들에게 실제적이면서도 깊이 있는 질문을 건넬 수 있습니다. 좋아하는 이의 기대에 부응하고 싶은 마음이 어떤 경우에는 위험에 노출되는 결과를 초래하기도 하는 현실을 살피고, 서로의 경계를 존중하면서도 친밀함을 나누는 방법은 무엇인지, 사랑과 권력, 친밀함의 경계와 폭력의 연관 관계는 무엇인지 성찰하는 계기가 될 수 있습니다.

하지만 이 책에서 아쉬운 부분도 있습니다. 범죄를 저지른 가해자 랄쉬가 제대로 처벌받지 않은 지점입니다. 가해자가 자신의 슬픔을 변명으로 내세우고 면죄부로 이용하는 모습은 우리 사회에서 익히 보아 온 모습이기도 합니다. 하지만 우리는 알고 있습니다. 잘못을 저지른 것은 안나가 아니라 안나의 마음을 이용한 랄쉬와 촬영물을 퍼트린 주변인들입니다.

이 책을 많은 독자들에게 권하고 싶은 여러 이유 중 하나는 안나의 마음이 섬세하게 담겨 있기 때문입니다.

이 책을 읽은 독자 중에도 누군가가 좋아서 설레거나 가슴이 두근거리는 경험을 한 분이 있겠지요? 그런 순간은 무척 소중하고 아름답습니다. 좋아하는 사람에게 특별해지고 싶고, 둘만의 친밀한 관계를 맺고 싶은 욕구는 자연스러운 마음이지요. 저는 안나가 자신의 사랑과 욕구를 섬세하게 느끼고 표현하는 모습이 예뻤습니다. 안나의 셀렘과 욕구는 아름답고 소중합니다.

그러나 안타깝게도 안나는 사진 유출 범죄 피해를 당합니다. 이 책에는 안나가 겪은 피해의 종류와 슬픔, 고통과 그 증상이 구제척으로 펼쳐져 있습니다. 랄쉬의 범죄로 인해 안나가 얼마나 힘들었는지, 일상이 어떻게 변화했는지를 독자로서 이해하는 것은 중요한 의미가 있습니다. 타인의 감정을 이해하는 것은 소설을 통해 배울 수 있는 소중한 가치이지요. 저는 독자들이 안나의 기쁨과 희망부터 슬픔과 분노, 공포와 아픔까지 세세하게 펼쳐 놓고 생각해 보기를 바랍니다. 또한 안나가 가족에게 느끼는 죄책감과 고마움, 학교에서 2차 가해를 당했을 때 느낀 슬픔과 두려움 등 여러 감정에 대해 펼쳐 놓고 이야기 나누기를 바랍니다. 이런 과정은 안나를 이해하는 데에 그치지 않고, 자신을 더 이해하고 사랑하는 길, 나아가 피해자와 연대하는 길과 연결될 수 있습니다.

무엇보다 이 책을 더 많은 학생들과 읽고 싶은 이유는 안나의 주변 인물들이 보여 주는 돌봄과 회복, 유머와 포용력 때문입니다. 이 책은 안나가 고통을 견디려고 발버둥 치면서도, 새롭고도 유의미한 관계 속에서 아픔을 보듬고 다시 일상으로 나아가는 과정이 담겨 있습니다. 또한 피해자의 옆에 서는 자세와 태도에 대해서도 배울 수 있습니다.

안나는 가족들의 응원을 받으며 티나라는 새로운 인물에게 마음을 열고 친구가 되어 갑니다. 사랑이라는 감정을 이용당해 상처 입은 안나가 우정이라는 감정을 통해 타인과 새롭게 관계 맺는 모습은 뭉클합니다. 스스로를 미워하며 죄책감에 시달리던 안나는 자신이 랄쉬를 좋아한 것이 잘못이 아니라는 것, 잘못은 랄쉬가 사진을 불법 유포한 것임을 깨닫습니다. 마침내 안나는 자책을 멈추고, 타인과 관계 맺는 것에 다시금 용기를 냅니다. 여러 두려움을 내려놓고 친밀함을 나누는 주체로 성장합니다.

안나가 성장하도록 영향을 주는 여러 관계 속에서 특히 인상적인 인물은 안나의 할머니입니다. 할머니는 안나에게 섣부른 조언도, 거친 위로도 건네지 않습니다. 그저 안나가 이야기하고 싶어 할 때 옆에 있어 주면서 안나의 일상을 응원합니다. 무엇보다 할머니 당신의 일상을 잘 유지하고 삶을 행복하게 만들기 위해 노력하는 모습을 보여 줍니다. 손녀가 받은 상처와 고통에 덩달아 함몰되거나, 안나를 과도하게 돌보지 않고 그저 자신의 삶을 주체적으로 행복하게 사는 할머니의 모습은 안나에게 다정함과 안정감을 줍니다.

자신을 소중히 대하지 않는 관계를 이어 가기 위해 애쓰느라 자존감이 낮아지고 있는 이가 있다면 이 책을 권하고 싶습니다. 이 책을 읽는 독자들은 안나의 이야기를 통해, 주체적으로 사랑하고 건강하게 관계를 맺는 법에 한 걸음 다가서게 될 것입니다. 아픔에 선 이들을 위로하고, 서로가 가진 선한 영향력을 주고받는 사회가 되기를 바랍니다.

성평등 국어교사 모임, 이현주

안나의 목소리

**초판 1쇄 발행** 2024년 7월 20일

**글** 시그리드 아그네테 한센
**옮김** 황덕령
**펴낸이** 박철준
**편집** 안지혜, 신지원
**디자인** 페이퍼민트
**펴낸곳** 찰리북

**출판등록** 2008년 7월 23일(제313-2008-115호)
**주소** 서울시 마포구 동교로18길 33, 201(서교동, 그린홈)
**전화** 02)325-6743 ┃ **팩스** 02)324-6743
**전자우편** charliebook@gmail.com
**인스타그램** instagram.com/charliebook_insta

**ISBN** 979-11-6452-092-3 43850